Двойник

Федор Достоевский

СОДЕРЖАНИЕ

ДВОЙНИК

ДВОЙНИК

Глава I

Было без малого восемь часов утра, когда титулярный советник Яков Петрович Голядкин очнулся после долгого сна, зевнул, потянулся и открыл наконец совершенно глаза свои. Минуты с две, впрочем, лежал он неподвижно на своей постели, как человек не вполне еще уверенный, проснулся ли он или всё еще спит, наяву ли и в действительности ли всё, что около него теперь совершается, или — продолжение его беспорядочных сонных грез. Вскоре, однако ж, чувства господина Голядкина стали яснее и отчетливее принимать свои привычные, обыденные впечатления. Знакомо глянули на него зеленовато-грязноватые, закоптелые, пыльные стены его маленькой комнатки, его комод красного дерева, стулья под красное дерево, стол, окрашенный красною краскою, клеенчатый турецкий диван красноватого цвета с зелененькими цветочками и, наконец, вчера впопыхах снятое платье и брошенное комком на диване. Наконец, серый осенний день, мутный и грязный, так сердито и с такой кислой гримасою заглянул к нему сквозь тусклое окно в комнату, что господин Голядкин никаким уже образом не мог более сомневаться, что он находится не в тридесятом царстве каком-нибудь, а в городе Петербурге, в столице, в Шестилавочной улице, в четвертом этаже одного весьма большого, капитального дома, в собственной квартире своей. Сделав такое важное открытие, господин Голядкин судорожно закрыл глаза, как бы сожалея о недавнем сне и желая его воротить на минутку. Но через минуту он одним скачком выпрыгнул из постели, вероятно попав наконец в ту идею, около которой вертелись до сих пор рассеянные, не приведенные в надлежащий порядок мысли его. Выпрыгнув из постели, он тотчас же подбежал к небольшому кругленькому зеркальцу, стоящему на комоде. Хотя отразившаяся в зеркале заспанная, подслеповатая и довольно оплешивевшая фигура была именно такого незначительного свойства, что с первого взгляда не останавливала на себе решительно ничьего исключительного внимания, но, по-видимому, обладатель ее остался совершенно доволен всем тем, что увидел в зеркале. "Вот бы штука была, —

сказал господин Голядкин вполголоса, — вот бы штука была, если б я сегодня манкировал в чем-нибудь, если б вышло, например, что-нибудь не так, — прыщик там какой-нибудь вскочил посторонний или произошла бы другая какая-нибудь неприятность; впрочем, покамест недурно; покамест всё идет хорошо". Очень обрадовавшись тому, что всё идет хорошо, господин Голядкин поставил зеркало на прежнее место, а сам, несмотря на то что был босиком и сохранял на себе тот костюм, в котором имел обыкновение отходить ко сну, подбежал к окошку и с большим участием начал что-то отыскивать глазами на дворе дома, на который выходили окна квартиры его. По-видимому, и то, что он отыскал на дворе, совершенно его удовлетворило; лицо его просияло самодовольной улыбкою. Потом, — заглянув, впрочем, сначала за перегородку в каморку Петрушки, своего камердинера, и уверившись, что в ней нет Петрушки, — на цыпочках подошел к столу, отпер в нем один ящик, пошарил в самом заднем уголку этого ящика, вынул наконец из-под старых пожелтевших бумаг и кой-какой дряни зеленый истертый бумажник, открыл его осторожно — и бережно и с наслаждением заглянул в самый дальний, потаенный карман его. Вероятно, пачка зелененьких, сереньких, синеньких, красненьких и разных пестреньких бумажек тоже весьма приветливо и одобрительно глянула на господина Голядкина: с просиявшим лицом положил он перед собою на стол раскрытый бумажник и крепко потер руки в знак величайшего удовольствия. Наконец он вынул ее, свою утешительную пачку государственных ассигнаций, и, в сотый раз, впрочем, считая со вчерашнего дня, начал пересчитывать их, тщательно перетирая каждый листок между большим и указательными пальцами. "Семьсот пятьдесят рублей ассигнациями! — окончил он наконец полушепотом. — Семьсот пятьдесят рублей... знатная сумма! Это приятная сумма, — продолжал он дрожащим, немного расслабленным от удовольствия голосом, сжимая пачку в руках и улыбаясь значительно, — это весьма приятная сумма! Хоть кому приятная сумма! Желал бы я видеть теперь человека, для которого эта сумма была бы ничтожною суммою? Такая сумма может далеко повести человека..."

"Однако что же это такое? — подумал господин Голядкин, —да где же Петрушка?" Всё еще сохраняя тот же костюм, заглянул он другой раз за перегородку. Петрушки опять не нашлось за перегородкой, а сердился, горячился и выходил из себя лишь один поставленный там на полу самовар, беспрерывно угрожая сбежать, и что-то с жаром, быстро болтал на своем мудреном языке, картавя и шепелявя господину Голядкину, — вероятно, то, что, дескать, возьмите же меня, добрые люди, ведь я совершенно поспел и готов.

"Черти бы взяли! — подумал господин Голядкин. — Эта ленивая бестия может, наконец, вывесть человека из последних границ; где он шатается?" В справедливом негодовании вошел он в переднюю, состоявшую из маленького коридора, в конце которого находилась дверь в сени, крошечку приотворил эту дверь и увидел своего служителя, окруженного порядочной кучкой всякого лакейского, домашнего и случайного сброда. Петрушка что-то рассказывал, прочие слушали. По-видимому, ни тема разговора, ни самый разговор не понравились господину Голядкину. Он немедленно кликнул Петрушку и возвратился в комнату совсем недовольный, даже расстроенный. "Эта бестия ни за грош готова продать человека, а тем более барина, — подумал он про себя, — и продал, непременно продал, пари готов держать, что ни за копейку продал. Ну, что?.."

— Ливрею принесли, сударь.

— Надень и пошел сюда.

Надев ливрею, Петрушка, глупо улыбаясь, вошел в комнату барина. Костюмирован он был странно донельзя. На нем была зеленая, сильно подержанная лакейская ливрея, с золотыми обсыпавшимися галунами и, по-видимому, шитая на человека ростом на целый аршин выше Петрушки. В руках он держал шляпу, тоже с галунами и с зелеными перьями, а при бедре имел лакейский меч в кожаных ножнах.

Наконец, для полноты картины, Петрушка, следуя любимому своему обыкновению ходить всегда в неглиже, по-домашнему, был и теперь босиком. Господин Голядкин осмотрел Петрушку кругом и, по-видимому, остался доволен. Ливрея, очевидно, была взята напрокат для какого-то торжественного случая. Заметно было еще, что во время осмотра Петрушка глядел с каким-то странным ожиданием на барина и с необыкновенным любопытством следил за всяким движением его, что крайне смущало господина Голядкина.

— Ну, а карета?

— И карета приехала.

— На весь день?

— На весь день. Двадцать пять, ассигнацией.

— И сапоги принесли?

— И сапоги принесли.

— Болван! не можешь сказать принесли-с. Давай их сюда.

Изъявив свое удовольствие, что сапоги пришлись хорошо,

господин Голядкин спросил чаю, умываться и бриться. Обрился он весьма тщательно и таким же образом вымылся, хлебнул чаю наскоро и приступил к своему главному, окончательному облачению: надел панталоны почти совершенно новые; потом манишку с бронзовыми пуговками, жилетку с весьма яркими и приятными цветочками; на шею повязал пестрый шелковый галстух и, наконец, натянул вицмундир, тоже новехонький и тщательно вычищенный. Одеваясь, он несколько раз с любовью взглядывал на свои сапоги, поминутно приподымал то ту, то другую ногу, любовался фасоном и что-то всё шептал себе под нос, изредка подмигивая своей думке выразительною гримаскою. Впрочем, в это утро господин Голядкин был крайне рассеян, потому что почти не заметил улыбочек и гримас на свой счет помогавшего ему одеваться Петрушки. Наконец справив всё, что следовало, совершенно одевшись, господин Голядкин положил в карман свой бумажник, полюбовался окончательно на Петрушку, надевшего сапоги и бывшего, таким образом, тоже в совершенной готовности, и, заметив, что всё уже сделано и ждать уже более нечего, торопливо, суетливо, с маленьким трепетанием сердца сбежал с своей лестницы. Голубая извозчичья карета, с какими-то гербами, с громом подкатилась к крыльцу. Петрушка, перемигиваясь с извозчиком и с кое-какими зеваками, усадил своего барина в карету; непривычным голосом и едва сдерживая дурацкий смех, крикнул: "Пошел!", вскочил на запятки, и всё это, с шумом и громом, звеня и треща, покатилось на Невский проспект. Только что голубой экипаж успел выехать за ворота, как господин Голядкин судорожно потер себе руки и залился тихим, неслышным смехом, как человек веселого характера, которому удалось сыграть славную штуку и которой штуке он сам рад-радехонек. Впрочем, тотчас же после припадка веселости смех сменился каким-то странным озабоченным выражением в лице господина Голядкина. Несмотря на то, что время было сырое и пасмурное, он опустил оба окна кареты и заботливо начал высматривать направо и налево прохожих, тотчас принимая приличный и степенный вид, как только замечал, что на него кто-нибудь смотрит. На повороте с Литейной на Невский проспект он вздрогнул от одного самого неприятного ощущения и, сморщась, как бедняга, которому наступили нечаянно на мозоль, торопливо, даже со страхом прижался в самый темный уголок своего экипажа. Дело в том, что он встретил двух сослуживцев своих, двух молодых чиновников того ведомства, в котором сам состоял на службе. Чиновники же, как показалось господину Голядкину, были тоже, с своей стороны, в крайнем недоумении, встретив таким образом своего сотоварища; даже один из них указал пальцем на господина Голядкина. Господину Голядкину показалось даже, что другой кликнул его громко по имени, что, разумеется, было весьма неприлично на улице. Герой наш притаился и не отозвался. "Что за мальчишки! — начал он рассуждать сам с собою. — Ну, что же такого тут странного? Человек в экипаже; человеку нужно быть в экипаже, вот он и взял экипаж. Просто дрянь! Я их знаю, — просто мальчишки, которых еще нужно посечь! Им бы только в орлянку при жалованье да где-нибудь потаскаться, вот это их дело. Сказал бы им всем кое-что, да уж только..." Господин Голядкин не докончил и обмер. Бойкая пара казанских лошадок, весьма знакомая господину Голядкину, запряженных в щегольские дрожки, быстро обгоняла с правой стороны его экипаж. Господин, сидевший на дрожках, нечаянно увидев лицо господина Голядкина, довольно неосторожно высунувшего свою голову из окошка кареты, тоже, по-видимому, крайне был изумлен такой неожиданной встречей и, нагнувшись сколько мог, с величайшим любопытством и участием стал заглядывать в тот угол кареты, куда герой наш поспешил было спрятаться. Господин на дрожках был Андрей Филиппович, начальник отделения в том служебном месте, в котором числился и господин Голядкин в качестве помощника своего столоначальника. Господин Голядкин, видя, что Андрей Филиппович узнал его совершенно, что глядит во все глаза и что спрятаться никак невозможно, покраснел до ушей. "Поклониться иль нет? Отозваться иль нет? Признаться иль нет? — думал в неописанной тоске наш герой, — или прикинуться, что не я, а что кто-то другой, разительно схожий со мною, и смотреть как ни в чем не бывало? Именно не я, не я, да и только! — говорил господин Голядкин, снимая шляпу пред Андреем Филипповичем и не сводя с него глаз. — Я, я ничего, — шептал он через силу, — я совсем ничего, это вовсе не я, Андрей Филиппович, это вовсе не я, не я, да и только". Скоро, однако ж, дрожки обогнали карету, и магнетизм начальнических взоров прекратился. Однако он всё еще краснел, улыбался, что-то бормотал про себя... "Дурак я был, что не отозвался, — подумал он наконец, — следовало бы просто на смелую ногу и с откровенностью, не лишенною благородства: дескать, так и так, Андрей Филиппович, тоже приглашен на обед, да и только!" Потом, вдруг вспомнив, что срезался, герой наш вспыхнул как огонь, нахмурил брови и бросил страшный вызывающий взгляд в передний угол кареты, взгляд, так и назначенный с тем, чтоб испепелить разом в прах всех врагов его. Наконец, вдруг, по вдохновению какому-то, дернул он за снурок, привязанный к локтю извозчика-кучера, остановил карету и приказал поворотить назад, на Литейную. Дело в том, что господину Голядкину немедленно понадобилось, для собственного же спокойствия вероятно, сказать что-то самое интересное доктору его, Крестьяну Ивановичу. И хотя с Крестьяном Ивановичем был он знаком с весьма недавнего времени, именно посетил его всего один раз на прошлой неделе, вследствие кой-каких надобностей, но ведь доктор, как говорят, что духовник, — скрываться было бы глупо, а знать пациента — его же обязанность. "Так ли, впрочем, будет всё это, — продолжал наш герой, выходя из кареты у подъезда одного пятиэтажного дома на Литейной, возле которого приказал остановить свой экипаж, — так ли будет всё это? Прилично ли будет? Кстати ли будет? Впрочем, ведь что же, — продолжал он, подымаясь на лестницу, переводя дух и сдерживая биение сердца, имевшего у него привычку биться на всех чужих лестницах, — что же? ведь я про свое и предосудительного здесь ничего не имеется... Скрываться было бы глупо. Я вот таким-то образом и сделаю вид, что я ничего, а что так, мимоездом... Он и увидит, что так тому и следует быть".

Так рассуждая, господин Голядкин поднялся до второго этажа и остановился перед квартирою пятого нумера, на дверях которого помещена была красивая медная дощечка с надписью:

Крестьян Иванович Рутеншпиц,
доктор медицины и хирургии.

Остановившись, герой наш поспешил придать своей физиономии приличный, развязный, не без некоторой любезности вид и приготовился дернуть за снурок колокольчика. Приготовившись дернуть за снурок колокольчика, он немедленно и довольно кстати рассудил, что не лучше ли завтра и что теперь покамест надобности большой не имеется. Но так как господин Голядкин услышал вдруг на лестнице чьи-то шаги, то немедленно переменил новое решение свое и уже так, заодно, впрочем с самым решительным видом, позвонил у дверей Крестьяна Ивановича.

Глава II

Доктор медицины и хирургии, Крестьян Иванович Рутеншпиц, весьма здоровый, хотя уже и пожилой человек, одаренный густыми седеющими бровями и бакенбардами, выразительным, сверкающим взглядом, которым одним, по-видимому, прогонял все болезни, и, наконец, значительным орденом, сидел в это утро у себя в кабинете, в покойных креслах своих, пил кофе, принесенный ему собственноручно его докторшей, курил сигару и прописывал от времени до времени рецепты своим пациентам. Прописав последний пузырек одному старичку, страдавшему геморроем, и выпроводив страждущего старичка в боковые двери, Крестьян Иванович уселся в ожидании следующего посещения. Вошел господин Голядкин.

По-видимому, Крестьян Иванович нисколько не ожидал, да и не желал видеть пред собою господина Голядкина, потому что он вдруг на мгновение смутился и невольно выразил на лице своем какую-то странную, даже, можно сказать, недовольную мину. Так как, с своей стороны, господин Голядкин почти всегда как-то некстати опадал и терялся в те мгновения, в которые случалось ему абордировать кого-нибудь ради собственных делишек своих, то и теперь, не приготовив первой фразы, бывшей для него в таких случаях настоящим камнем преткновения, сконфузился препорядочно, что-то пробормотал, — впрочем, кажется, извинение, — и, не зная, что далее делать, взял стул и сел. Но, вспомнив, что уселся без приглашения, тотчас же почувствовал свое неприличие и поспешил поправить ошибку свою в незнании света и хорошего тона, немедленно встав с занятого им без приглашения места. Потом, опомнившись и смутно заметив, что сделал две глупости разом, решился, нимало не медля, на третью, то есть попробовал было принести оправдание, пробормотал кое-что, улыбаясь, покраснел, сконфузился, выразительно замолчал и наконец сел окончательно и уже не вставал более, а так только, на всякий случай, обеспечил себя тем же самым вызывающим взглядом, который имел необычайную силу мысленно испепелять и разгромлять в прах всех врагов господина Голядкина. Сверх того, этот взгляд вполне выражал независимость господина Голядкина, то есть говорил ясно, что господин Голядкин совсем ничего, что он сам по себе, как и все, и что его изба во всяком случае с краю. Крестьян Иванович кашлянул, крякнул, по-видимому в знак одобрения и согласия своего на всё это, и устремил инспекторский, вопросительный взгляд на господина Голядкина.

— Я, Крестьян Иванович, — начал господин Голядкин с улыбкою, — пришел вас беспокоить вторично и теперь вторично осмеливаюсь просить вашего снисхождения... — Господин Голядкин, очевидно, затруднялся в словах.

— Гм... да! — проговорил Крестьян Иванович, выпустив изо рта струю дыма и кладя сигару на стол, — но вам нужно предписаний держаться; я ведь вам объяснял, что пользование ваше должно состоять в изменении привычек... Ну, развлечения; ну, там, друзей и знакомых должно посещать, а вместе с тем и бутылки врагом не бывать; равномерно держаться веселой компании.

Господин Голядкин, всё еще улыбаясь, поспешил заметить, что ему кажется, что он, как и все, что он у себя, что развлечения у него, как и у всех... что он, конечно, может ездить в театр, ибо тоже, как и все, средства имеет, что днем он в должности, а вечером у себя, что он совсем ничего; даже заметил тут же мимоходом, что он, сколько ему кажется, не хуже других, что он живет дома, у себя на квартире, и что, наконец, у него есть Петрушка. Тут господин Голядкин запнулся.

— Гм, нет, такой порядок не то, и я вас совсем не то хотел спрашивать. Я вообще знать интересуюсь, что вы, большой ли любитель веселой компании, пользуетесь ли весело временем... Ну, там, меланхолический или веселый образ жизни теперь продолжаете?

— Я, Крестьян Иванович...

— Гм... я говорю, — перебил доктор, — что вам нужно коренное преобразование всей вашей жизни иметь и в некотором смысле переломить свой характер. (Крестьян Иванович сильно ударил на слово "переломить" и остановился на минуту с весьма значительным видом.) Не чуждаться жизни веселой; спектакли и клуб посещать и во всяком случае бутылки врагом не бывать. Дома сидеть не годится... вам дома сидеть никак невозможно.

— Я, Крестьян Иванович, люблю тишину, — проговорил господин Голядкин, бросая значительный взгляд на Крестьяна Ивановича и, очевидно, ища слов для удачнейшего выражения мысли своей, — в квартире только я да Петрушка... я хочу сказать: мой человек, Крестьян Иванович. Я хочу сказать, Крестьян Иванович, что я иду своей дорогой, особой дорогой,

Крестьян Иванович. Я себе особо и, сколько мне кажется, ни от кого не завишу. Я, Крестьян Иванович, тоже гулять выхожу.

— Как?.. Да! Ну, нынче гулять не составляет никакой приятности: климат весьма нехороший.

— Да-с, Крестьян Иванович. Я, Крестьян Иванович, хоть и смирный человек, как я уже вам, кажется, имел честь объяснить, но дорога моя отдельно идет, Крестьян Иванович. Путь жизни широк... Я хочу... я хочу, Крестьян Иванович, сказать этим... Извините меня, Крестьян Иванович, я не мастер красно говорить.

— Гм... вы говорите...

— Я говорю, чтоб вы меня извинили, Крестьян Иванович, в том, что я, сколько мне кажется, не мастер красно говорить, — сказал господин Голядкин полуобиженным тоном, немного сбиваясь и путаясь. — В этом отношении я, Крестьян Иванович, не так, как другие, — прибавил он с какою-то особенною улыбкою, — и много говорить не умею, придавать слогу красоту не учился. Зато я, Крестьян Иванович, действую; зато я действую, Крестьян Иванович!

— Гм... Как же это... вы действуете? — отозвался Крестьян Иванович. Затем, на минутку, последовало молчание. Доктор как-то странно и недоверчиво взглянул на господина Голядкина. Господин Голядкин тоже в свою очередь довольно недоверчиво покосился на доктора.

— Я, Крестьян Иванович, — стал продолжать господин Голядкин всё в прежнем тоне, немного раздраженный и озадаченный крайним упорством Крестьяна Ивановича, — я, Крестьян Иванович, люблю спокойствие, а не светский шум. Там у них, я говорю, в большом свете, Крестьян Иванович, нужно уметь паркеты лощить сапогами... (тут господи Голядкин немного пришаркнул по полу ножкой), там это спрашивают-с, и каламбур тоже спрашивают... комплимент раздушенный нужно уметь составлять-с... вот что там спрашивают. А я этому не учился, Крестьян Иванович, — хитростям этим всем я не учился; некогда было. Я человек простой, незатейливый, и блеска наружного нет во мне. В этом, Крестьян Иванович, я полагаю оружие; я кладу его, говоря в этом смысле. — Все это господин Голядкин проговорил, разумеется, с таким видом, который ясно давал знать, что герой наш вовсе не жалеет о том, что кладет, в этом смысле оружие и что он хитростям не учился, но что даже совершенно напротив. Крестьян Иванович, слушая его, смотрел вниз с весьма неприятной гримасой в лице и как будто заранее что-то предчувствовал. За тирадою господина Голядкина последовало довольно долгое и значительное молчание.

— Вы, кажется, немного отвлеклись от предмета, — сказал наконец Крестьян Иванович вполголоса, — я, признаюсь вам, не мог вас совершенно понять.

— Я не мастер красно говорить, Крестьян Иванович; я уже вам имел честь доложить, Крестьян Иванович, что я не мастер красно говорить, — сказал господин Голядкин, на этот раз резким и решительным тоном.

— Гм...

— Крестьян Иванович! — начал опять господин Голядкин тихим, но многозначащим голосом, отчасти в торжественном роде и останавливаясь на каждом пункте. — Крестьян Иванович! вошедши сюда, я начал извинениями. Теперь повторяю прежнее и опять прошу вашего снисхождения на время. Мне, Крестьян Иванович, от вас скрывать нечего. Человек я маленький, сами вы знаете; но, к счастию моему, не жалею о том, что я маленький человек. Даже напротив, Крестьян Иванович; и, чтоб всё сказать, я даже горжусь тем, что не большой человек, а маленький. Не интригант — и этим тоже горжусь. Действую не втихомолку, а открыто, без хитростей, и хотя бы мог вредить в свою очередь, и очень бы мог, и даже знаю, над кем и как это сделать, Крестьян Иванович, но не хочу замарать себя и в этом смысле умываю руки. В этом смысле, говорю, я их умываю, Крестьян Иванович! — Господин Голядкин на мгновение выразительно замолчал; говорил он с кротким одушевлением.

— Иду я, Крестьян Иванович, — стал продолжать наш герой, — прямо, открыто и без окольных путей, потому что их презираю и предоставляю это другим. Не стараюсь унизить тех, которые, может быть, нас с вами почище... то есть, я хочу сказать, нас с ними, Крестьян Иванович, я не хотел сказать с вами. Полуслов не люблю; мизерных двуличностей не жалую; клеветою и сплетней гнушаюсь. Маску надеваю лишь в маскарад, а не хожу с нею перед людьми каждодневно. Спрошу я вас только, Крестьян Иванович, как бы стали вы мстить врагу своему, злейшему врагу своему, — тому, кого бы вы считали таким? — заключил господин Голядкин, бросив вызывающий взгляд на Крестьяна Ивановича.

Хотя господин Голядкин проговорил всё это донельзя отчетливо, ясно, с уверенностью, взвешивая слова и рассчитывая на вернейший эффект, но между тем с беспокойством, с большим беспокойством, с крайним беспокойством смотрел теперь на Крестьяна Ивановича. Теперь он обратился весь в зрение и робко, с досадным, тоскливым нетерпением ожидал ответа Крестьяна Ивановича. Но, к изумлению и к совершенному поражению господина Голядкина, Крестьян Иванович что-то пробормотал себе под нос; потом придвинул кресла к столу и довольно сухо, но, впрочем, учтиво объявил ему что-то вроде того, что ему время дорого, что он как-то не совсем понимает; что, впрочем, он, чем может, готов служить, по силам, но что всё дальнейшее и до него не касающееся он оставляет. Тут он взял перо, придвинул бумагу, выкроил из нее докторской формы лоскутик и объявил, что тотчас пропишет что следует.

— Нет-с, не следует, Крестьян Иванович! нет-с, это вовсе не следует! — проговорил господин Голядкин, привстав с места и хватая Крестьяна Ивановича за правую руку, — этого, Крестьян Иванович, здесь вовсе не надобно...

А между тем, покамест говорил это всё господин Голядкин, в нем произошла какая-то странная перемена. Серые глаза его как-то странно блеснули, губы его задрожали, все мускулы, все черты лица его заходили, задвигались. Сам он весь дрожал. Последовав первому движению своему и остановив руку Крестьяна Ивановича, господин Голядкин стоял теперь неподвижно, как будто сам не доверяя себе и ожидая вдохновения для дальнейших поступков.

Тогда произошла довольно странная сцена. Немного озадаченный, Крестьян Иванович на мгновение будто прирос к своему креслу и, потерявшись, смотрел во все глаза господину Голядкину, который таким же образом смотрел на него. Наконец Крестьян Иванович встал, придерживаясь немного за лацкан вицмундира господина Голядкина. Несколько секунд стояли они таким образом оба, неподвижно и не сводя глаз друг с друга. Тогда, впрочем необыкновенно странным образом, разрешилось и второе движение господина Голядкина. Губы его затряслись, подбородок запрыгал, и герой наш заплакал совсем неожиданно. Всхлипывая, кивая головой и ударяя себя в грудь правой рукою, а левой схватив тоже за лацкан домашней одежды Крестьяна Ивановича, хотел было он говорить и в чем-то немедленно объясниться, но не мог и слова сказать. Наконец Крестьян Иванович опомнился от своего изумления.

— Полноте, успокойтесь, садитесь! — проговорил он наконец, стараясь посадить господина Голядкина в кресла.

— У меня есть враги, Крестьян Иванович, у меня есть враги; у меня есть злые враги, которые меня погубить поклялись... — отвечал господин Голядкин боязливо и шепотом.

11

— Полноте, полноте; что враги! не нужно врагов поминать! это совершенно не нужно. Садитесь, садитесь, — продолжал Крестьян Иванович, усаживая господина Голядкина окончательно в кресла.

Господин Голядкин уселся наконец, не сводя глаз с Крестьяна Ивановича. Крестьян Иванович с крайне недовольным видом стал шагать из угла в угол своего кабинета. Последовало долгое молчание.

— Я вам благодарен, Крестьян Иванович, весьма благодарен и весьма чувствую всё, что вы для меня теперь сделали. По гроб не забуду я ласки вашей, Крестьян Иванович, — сказал наконец господин Голядкин, с обиженным видом вставая со стула.

— Полноте, полноте! я вам говорю, полноте! — отвечал довольно строго Крестьян Иванович на выходку господина Голядкина, еще раз усаживая его на место. — Ну, что у вас? расскажите мне, что у вас есть там теперь неприятного, — продолжал Крестьян Иванович, — и о каких врагах говорите вы? Что у вас есть там такое?

— Нет, Крестьян Иванович, мы лучше это оставим теперь, — отвечал господин Голядкин, опустив глаза в землю, — лучше отложим всё это в сторону, до времени... до другого времени, Крестьян Иванович, до более удобного времени, когда всё обнаружится, и маска спадет с некоторых лиц, и кое-что обнажится. А теперь покамест, разумеется после того, что с нами случилось... вы согласитесь сами, Крестьян Иванович... Позвольте пожелать вам доброго утра, Крестьян Иванович, — сказал господин Голядкин, в этот раз решительно и серьезно вставая с места и хватаясь за шляпу.

— А, ну... как хотите... гм... (Последовало минутное молчание.) Я, с моей стороны, вы знаете, что могу... и искренно вам добра желаю.

— Понимаю вас, Крестьян Иванович, понимаю; я вас совершенно понимаю теперь... Во всяком случае, извините меня, что я вас обеспокоил, Крестьян Иванович.

— Гм... Нет, я вам не то хотел говорить. Впрочем, как угодно. Медикаменты по-прежнему продолжайте...

— Буду продолжать медикаменты, как вы говорите, Крестьян Иванович, буду продолжать и в той же аптеке брать буду... Нынче и аптекарем быть, Крестьян Иванович, уже важное дело...

— Как? в каком смысле вы хотите сказать?

— В весьма обыкновенном смысле, Крестьян Иванович. Я хочу сказать, что нынче так свет пошел...

12

— Гм...

— И что всякий мальчишка, не только аптекарский, перед порядочным человеком нос задирает теперь.

— Гм... Как же вы это понимаете?

— Я говорю, Крестьян Иванович, про известного человека... про общего нам знакомого, Крестьян Иванович, например хоть про Владимира Семеновича...

— А!..

— Да, Крестьян Иванович; и я знаю некоторых людей, Крестьян Иванович, которые не слишком-то держатся общего мнения, чтоб иногда правду сказать.

— А!.. Как же это?

— Да уж так-с; это, впрочем, постороннее дело; умеют этак иногда поднести коку с соком.

— Что? что поднести?

— Коку с соком, Крестьян Иванович; это пословица русская. Умеют иногда кстати поздравить кого-нибудь, например; есть такие люди, Крестьян Иванович.

— Поздравить?

— Да-с, поздравить, Крестьян Иванович, как сделал на днях один из моих коротких знакомых...

— Один из ваших коротких знакомых... а! как же это? — сказал Крестьян Иванович, внимательно взглянув на господина Голядкина.

— Да-с, один из моих близких знакомых поздравил с чином, с получением асессорского чина, другого весьма близкого тоже знакомого, и вдобавок приятеля, как говорится, сладчайшего друга. Этак к слову пришлось. "Чувствительно, дескать, говорит, рад случаю принести вам, Владимир Семенович, мое поздравление, искреннее мое поздравление в получении чина. И тем более рад, что нынче, как всему свету известно, вывелись бабушки, которые ворожат". — Тут господин Голядкин плутовски кивнул головой и, прищурясь, посмотрел на Крестьяна Ивановича...

— Гм... Так это сказал...

— Сказал, Крестьян Иванович, сказал, да тут же и взглянул на Андрея Филипповича, на дядю-то нашего нещечка, Владимира Семеновича. Да что мне, Крестьян Иванович, что он асессором сделан? Мне-то что тут? Да жениться хочет, когда еще молоко, с позволения сказать, на губах не обсохло. Так-таки и сказал. Дескать, говорю, Владимир Семенович! Я теперь всё сказал; позвольте же мне удалиться.

— Гм...

— Да, Крестьян Иванович, позвольте же мне теперь,

говорю, удалиться. Да тут, чтоб уж разом двух воробьев одним камнем убить, — как срезал молодца-то на бабушках, — и обращаюсь к Кларе Олсуфьевне (дело-то было третьего дня у Олсуфья Ивановича), — а она только что романс пропела чувствительный, — говорю, дескать, "чувствительно пропеть вы романсы изволили, да только слушают-то вас не от чистого сердца". И намекаю тем ясно, понимаете, Крестьян Иванович, намекаю тем ясно, что ищут-то теперь не в ней, а подальше...

— А! ну что же он?..

— Лимон съел, Крестьян Иванович, как по пословице говорится.

— Гм...

— Да-с, Крестьян Иванович. Тоже и старику самому говорю, — дескать, Олсуфий Иванович, говорю, я знаю, чем обязан я вам, ценю вполне благодеяния ваши, которыми почти с детских лет моих вы осыпали меня. Но откройте глаза, Олсуфий Иванович, говорю. Посмотрите. Я сам дело начистоту и открыто веду, Олсуфий Иванович.

— А, вот как!

— Да, Крестьян Иванович. Оно вот как...

— Что ж он?

— Да что он, Крестьян Иванович! мямлит; и того, и сего, и я тебя знаю, и что его превосходительство благодетельный человек — и пошел, и размазался... Да ведь что ж? от старости, как говорится, покачнулся порядком.

— А! так вот как теперь!

— Да, Крестьян Иванович. И все-то мы так, чего! старикашка! в гроб смотрит, дышит на ладан, как говорится, а сплетню бабью заплетут какую-нибудь, так он уж тут слушает; без него невозможно...

— Сплетню, вы говорите?

— Да, Крестьян Иванович, заплели они сплетню. Замешал свою руку сюда и наш медведь и племянник его, наше нещечко; связались они с старухами, разумеется, и состряпали дело. Как бы вы думали? Что они выдумали, чтоб убить человека?..

— Чтоб убить человека?

— Да, Крестьян Иванович, чтоб убить человека, нравственно убить человека. Распустили они... я всё про моего близкого знакомого говорю...

Крестьян Иванович кивнул головою.

— Распустили они насчет его слух... Признаюсь вам, мне даже совестно говорить, Крестьян Иванович...

— Гм...

— Распустили они слух, что он уже дал подписку жениться,

что он уже жених с другой стороны... И как бы вы думали, Крестьян Иванович, на ком?

— Право?

— На кухмистерше, на одной неблагопристойной немке, у которой обеды берет; вместо заплаты долгов руку ей предлагает.

— Это они говорят?

— Верители, Крестьян Иванович? Немка, подлая, гадкая, бесстыдная немка, Каролина Ивановна, если известно вам...

— Я, признаюсь, с моей стороны...

— Понимаю вас. Крестьян Иванович, понимаю и с своей стороны это чувствую...

— Скажите мне, пожалуйста, где вы живете теперь?

— Где я живу теперь, Крестьян Иванович?

— Да... я хочу... вы прежде, кажется, жили...

— Жил, Крестьян Иванович, жил, жил и прежде. Как же не жить! — отвечал господин Голядкин, сопровождая слова свои маленьким смехом и немного смутив ответом своим Крестьяна Ивановича.

— Нет, вы не так это приняли; я хотел с своей стороны...

— Я тоже хотел, Крестьян Иванович, с своей стороны, я тоже хотел, — смеясь, продолжал господин Голядкин. — Однако ж я, Крестьян Иванович, у вас засиделся совсем. Вы, надеюсь, позволите мне теперь... пожелать вам доброго утра...

— Гм...

— Да, Крестьян Иванович, я вас понимаю; я вас теперь вполне понимаю, — сказал наш герой, немного рисуясь перед Крестьяном Ивановичем. — Итак, позвольте вам пожелать доброго утра...

Тут герой наш шаркнул ножкой и вышел из комнаты, оставив в крайнем изумлении Крестьяна Ивановича. Сходя с докторской лестницы, он улыбался и радостно потирал себе руки. На крыльце, дохнув свежим воздухом и почувствовав себя на свободе, он даже действительно готов был признать себя счастливейшим смертным и потом прямо отправиться в департамент, — как вдруг у подъезда загремела его карета; он взглянул и всё вспомнил. Петрушка отворял уже дверцы. Какое-то странное и крайне неприятное ощущение охватило всего господина Голядкина. Он как будто бы покраснел на мгновение. Что-то кольнуло его. Он уже стал было заносить свою ногу на подножку кареты, как вдруг обернулся и посмотрел на окна Крестьяна Ивановича. Так и есть! Крестьян Иванович стоял у окна, поглаживал правой рукой свои бакенбарды и довольно любопытно смотрел на героя нашего.

15

"Этот доктор глуп, — подумал господин Голядкин, забиваясь в карету, — крайне глуп. Он, может быть, и хорошо своих больных лечит, а все-таки... глуп, как бревно". Господин Голядкин уселся, Петрушка крикнул: "Пошел!" — и карета покатилась опять на Невский проспект.

Глава III

Всё это утро прошло в страшных хлопотах у господина Голядкина. Попав на Невский проспект, герой наш приказал остановиться у Гостиного двора. Выпрыгнув из своего экипажа, побежал он под аркаду, в сопровождении Петрушки, и пошел прямо в лавку серебряных и золотых изделий. Заметно было уже по одному виду господина Голядкина, что у него хлопот полон рот и дела страшная куча. Сторговав полный обеденный и чайный сервиз с лишком на тысячу пятьсот рублей ассигнациями и выторговав себе в эту же сумму затейливой формы сигарочницу и полный серебряный прибор для бритья бороды, прицениваясь, наконец, еще к кое-каким в своем роде полезным и приятным вещицам, господин Голядкин кончил тем, что обещал завтра же зайти непременно или даже сегодня прислать за сторгованным, взял нумер лавки и, выслушав внимательно купца, хлопотавшего о задаточке, обещал в свое время и задаточек. После чего он поспешно распростился с недоумевавшим купцом и пошел вдоль по линии, преследуемый целой стаей сидельцев, поминутно оглядываясь назад на Петрушку и тщательно отыскивая какую-то новую лавку. Мимоходом забежал он в меняльную лавочку и разменял всю свою крупную бумагу на мелкую, и хотя потерял на промене, но зато все-таки разменял, и бумажник его значительно потолстел, что, по-видимому, доставило ему крайнее удовольствие. Наконец, остановился он в магазине разных дамских материй. Наторговав опять на знатную сумму, господин Голядкин и здесь обещал купцу зайти непременно, взял нумер лавки и, на вопрос о задаточке, опять повторил, что будет в свое время и задаточек. Потом посетил и еще несколько лавок; во всех торговал, приценялся к разным вещицам, спорил иногда долго с купцами, уходил из лавки и раза по три возвращался, — одним словом, оказывал необыкновенную деятельность. Из Гостиного двора герой наш отправился в один известный мебельный магазин, где сторговал мебели на шесть комнат, полюбовался одним модным и весьма затейливым дамским туалетом в последнем вкусе и, уверив купца, что пришлет за всем непременно, вышел из магазина, по своему обычаю, с обещанием задаточка, потом заехал еще кое-куда и поторговал кое-что. Одним словом, не было, по-видимому, конца его хлопотам. Наконец всё это, кажется, сильно стало надоедать самому господину Голядкину.

Даже, и бог знает по какому случаю, стали его терзать ни с того ни с сего угрызения совести. Ни за что бы не согласился он теперь встретиться, например, с Андреем Филипповичем или хоть с Крестьяном Ивановичем. Наконец городские часы пробили три пополудни. Когда господин Голядкин сел окончательно в карету, из всех приобретений, сделанных им в это утро, оказалась в действительности лишь одна пара перчаток и стклянка духов в полтора рубля ассигнациями. Так как для господина Голядкина было еще довольно рано, то он и приказал своему кучеру остановиться возле одного известного ресторана на Невском проспекте, о котором доселе он знал лишь понаслышке, вышел из кареты и побежал закусить, отдохнуть и выждать известное время.

Закусив так, как закусывает человек, у которого в перспективе богатый званый обед, то есть перехватив кое-что, чтобы, как говорится, червячка заморить, и выпив одну рюмочку водки, господин Голядкин уселся в креслах и, скромно осмотревшись кругом, мирно пристроился к одной тощей национальной газетке. Прочтя строчки две, он встал, посмотрелся в зеркало, оправился и огладился; потом подошел к окну и поглядел, тут ли его карета... потом опять сел на место и взял газету. Заметно было, что герой наш был в крайнем волнении. Взглянув на часы и видя, что еще только четверть четвертого, следовательно, еще остается порядочно ждать, а вместе с тем и рассудив, что так сидеть неприлично, господин Голядкин приказал подать себе шоколаду, к которому, впрочем, в настоящее время большой охоты не чувствовал. Выпив шоколад и заметив, что время немного подвинулось, вышел он расплатиться. Вдруг кто-то ударил его по плечу.

Он обернулся и увидел пред собою двух своих сослуживцев-товарищей, тех самых, с которыми встретился утром на Литейной, — ребят еще весьма молодых и по летам и по чину. Герой наш был с ними ни то ни се, ни в дружбе, ни в открытой вражде. Разумеется, соблюдалось приличие с обеих сторон; дальнейшего же сближения не было, да и быть не могло. Встреча в настоящее время была крайне неприятна господину Голядкину. Он немного поморщился и на минутку смешался.

— Яков Петрович, Яков Петрович! — защебетали оба регистратора, — вы здесь? по какому...

— А! это вы, господа! — перебил поспешно господин Голядкин, немного сконфузясь и скандализируясь изумлением чиновников и вместе с тем короткостию их обращения, но, впрочем, делая развязного и молодца поневоле.

18

— Дезертировали, господа, хе-хе-хе!.. — Тут даже, чтоб не уронить себя и снизойти до канцелярского юношества, с которым всегда был в должных границах, он попробовал было потрепать одного юношу по плечу; но популярность в этом случае не удалась господину Голядкину, и, вместо прилично-короткого жеста, вышло что-то совершенно другое.

— Ну, а что, медведь наш сидит?..

— Кто это, Яков Петрович?

— Ну, медведь-то, будто не знаете, кого медведем зовут?.. — Господин Голядкин засмеялся и отвернулся к приказчику взять с него сдачу. — Я говорю про Андрея Филипповича, господа, — продолжал он, кончив с приказчиком и на этот раз с весьма серьезным видом обратившись к чиновникам. Оба регистратора значительно перемигнулись друг с другом.

— Сидит еще и вас спрашивал, Яков Петрович, — отвечал один из них.

— Сидит, а! В таком случае пусть его сидит, господа. И меня спрашивал, а?

— Спрашивал, Яков Петрович; да что это с вами, раздушены, распомажены, франтом таким?..

— Так, господа, это так! Полноте... — отвечал господин Голядкин, смотря в сторону и напряженно улыбнувшись. Видя, что господин Голядкин улыбается, чиновники расхохотались. Господин Голядкин немного надулся.

— Я вам скажу, господа, по-дружески, — сказал, немного помолчав, наш герой, как будто (так уж и быть) решившись открыть что-то чиновникам, — вы, господа, все меня знаете, но до сих пор знали только с одной стороны. Пенять в этом случае не на кого, и отчасти, сознаюсь, я был сам виноват.

Господин Голядкин сжал губы и значительно взглянул на чиновников. Чиновники снова перемигнулись.

— До сих пор, господа, вы меня не знали. Объясняться теперь и здесь будет не совсем-то кстати. Скажу вам только кое-что мимоходом и вскользь. Есть люди, господа, которые не любят окольных путей и маскируются только для маскарада. Есть люди, которые не видят прямого человеческого назначения в ловком уменье лощить паркет сапогами. Есть и такие люди, господа, которые не будут говорить, что счастливы и живут вполне, когда, например, на них хорошо сидят панталоны. Есть, наконец, люди, которые не любят скакать и вертеться по-пустому, заигрывать и подлизываться, а главное, господа, совать туда свой нос, где его вовсе не спрашивают... Я, господа, сказал почти всё; позвольте ж мне теперь удалиться...

Господин Голядкин остановился. Так как господа

19

регистраторы были теперь удовлетворены вполне, то вдруг оба крайне неучтиво покатились со смеха. Господин Голядкин вспыхнул.

— Смейтесь, господа, смейтесь покамест! Поживете — увидите, — сказал он с чувством оскорбленного достоинства, взяв свою шляпу и ретируясь к дверям.

— Но скажу более, господа, — прибавил он, обращаясь в последний раз к господам регистраторам, — скажу более — оба вы здесь со мной глаз на глаз. Вот, господа, мои правила: не удастся — креплюсь, удастся — держусь и во всяком случае никого не подкапываю. Не интригант — и этим горжусь. В дипломаты бы я не годился. Говорят еще, господа, что птица сама летит на охотника. Правда, и готов согласиться: но кто здесь охотник, кто птица? Это еще вопрос, господа!

Господин Голядкин красноречиво умолк и с самой значительной миной, то есть подняв брови и сжав губы донельзя, раскланялся с господами чиновниками и потом вышел, оставя их в крайнем изумлении.

— Куда прикажете? — спросил довольно сурово Петрушка, которому уже наскучило, вероятно, таскаться по холоду. — Куда прикажете? — спросил он господина Голядкина, встречая его страшный, всеуничтожающий взгляд, которым герой наш уже два раза обеспечивал себя в это утро и к которому прибегнул теперь в третий раз, сходя с лестницы.

— К Измайловскому мосту.

— К Измайловскому мосту! Пошел!

"Обед у них начнется не раньше как в пятом или даже в пять часов, —думал господин Голядкин, —не рано ль теперь? Впрочем, ведь я могу и пораньше; да к тому же и семейный обед. Я этак могу сан-фасон, как между порядочными людьми говорится. Отчего же бы мне нельзя сан-фасон? Медведь наш тоже говорил, что будет всё сан-фасон, а потому и я тоже..." Так думал господин Голядкин; а между тем волнение его всё более и более увеличивалось. Заметно было, что он готовился к чему-то весьма хлопотливому, чтоб не сказать более, шептал про себя, жестикулировал правой рукой, беспрерывно поглядывал в окна кареты, так что, смотря теперь на господина Голядкина, право бы никто не сказал, что он собирается хорошо пообедать, запросто, да еще в своем семейном кругу, — сан-фасон, как между порядочными людьми говорится. Наконец у самого Измайловского моста господин Голядкин указал на один дом; карета с громом вкатилась в ворота и остановилась у подъезда правого фаса. Заметив одну женскую фигуру в окне второго этажа, господин Голядкин послал ей рукой поцелуй. Впрочем, он не знал сам, что делает, потому что решительно был ни жив ни мертв в эту минуту. Из кареты он вышел бледный, растерянный; взошел на крыльцо, снял свою шляпу, машинально оправился и, чувствуя, впрочем, маленькую дрожь в коленках, пустился по лестнице.

— Олсуфий Иванович? — спросил он отворившего ему человека.

— Дома-с, то есть нет-с, их нет дома-с.

— Как? что ты, мой милый? Я — я на обед, братец. Ведь ты меня знаешь?

— Как не знать-с! Принимать вас не велено-с.

— Ты... ты, братец... ты, верно, ошибаешься, братец. Это я. Я, братец, приглашен; я на обед, — проговорил господин Голядкин, сбрасывая шинель и показывая очевидное намерение отправиться в комнаты.

— Позвольте-с, нельзя-с Не велено принимать-с, вам отказывать велено. Вот как!

Господин Голядкин побледнел. В это самое время дверь из внутренних комнат отворилась и вошел Герасимыч, старый камердинер Олсуфия Ивановича.

— Вот они, Емельян Герасимович, войти хотят, а я...

— А вы дурак, Алексеич. Ступайте в комнаты, а сюда пришлите подлеца Семеныча. Нельзя-с, — сказал он учтиво, но решительно обращаясь к господину Голядкину. — Никак невозможно-с. Просят извинить-с; не могут при-нять-с.

— Они так и сказали, что не могут принять? — нерешительно спросил господин Голядкин. — Вы извините, Герасимыч. Отчего же никак невозможно?

— Никак невозможно-с. Я докладывал-с; сказали: проси извинить. Не могут, дескать, принять-с.

— Отчего же? как же это? как...

— Позвольте, позвольте!..

— Однако как же это так? Так нельзя! Доложите... Как же это так? я на обед...

— Позвольте, позвольте!..

— А, ну, впрочем, это дело другое — извинить просят; однако ж позвольте, Герасимыч, как же это, Герасимыч?

— Позвольте, позвольте! — возразил Герасимыч, весьма решительно отстраняя рукой господина Голядкина и давая широкую дорогу двум господам, которые в это самое мгновение входили в прихожую. Входившие господа были: Андрей Филиппович и племянник его, Владимир Семенович. Оба они с недоумением посмотрели на господина Голядкина. Андрей Филиппович хотел было что-то заговорить, но господин

21

Голядкин уже решился; он уже выходил из прихожей Олсуфия Ивановича, опустив глаза, покраснев, улыбаясь, с совершенно потерянной физиономией.

— Я зайду после, Герасимыч; я объяснюсь; я надеюсь, что всё это не замедлит своевременно объясниться, — проговорил он на пороге и отчасти на лестнице.

— Яков Петрович, Яков Петрович!.. — послышался голос последовавшего за господином Голядкиным Андрея Филипповича.

Господин Голядкин находился тогда уже на первой забежной площадке. Он быстро оборотился к Андрею Филипповичу.

— Что вам угодно, Андрей Филиппович? — сказал он довольно решительным тоном.

— Что это с вами, Яков Петрович? Каким образом?..

— Ничего-с, Андрей Филиппович. Я здесь сам по себе. Это моя частная жизнь, Андрей Филиппович.

— Что такое-с?

— Я говорю, Андрей Филиппович, что это моя частная жизнь и что здесь, сколько мне кажется, ничего нельзя найти предосудительного касательно официальных отношений моих.

— Как! касательно официальных... Что с вами, сударь, такое?

— Ничего, Андрей Филиппович, совершенно ничего; дерзкая девчонка, больше ничего...

— Что!.. что?! — Андрей Филиппович потерялся от изумления. Господин Голядкин, который доселе, разговаривая с низу лестницы с Андреем Филипповичем, смотрел так, что, казалось, готов был ему прыгнуть прямо в глаза, — видя, что начальник отделения немного смешался, сделал, почти неведомо себе, шаг вперед. Андрей Филиппович подался назад. Господин Голядкин переступил еще и еще ступеньку. Андрей Филиппович беспокойно осмотрелся кругом. Господин Голядкин вдруг быстро поднялся на лестницу. Еще быстрее прыгнул Андрей Филиппович в комнату и захлопнул дверь за собою. Господин Голядкин остался один. В глазах у него потемнело. Он сбился совсем и стоял теперь в каком-то бестолковом раздумье, как будто припоминая о каком-то тоже крайне бестолковом обстоятельстве, весьма недавно случившемся. "Эх, эх!" — прошептал он, улыбаясь с натуги. Между тем на лестнице, внизу, послышались голоса и шаги, вероятно новых гостей, приглашенных Олсуфьем Ивановичем. Господин Голядкин отчасти опомнился, поскорее поднял повыше свой енотовый воротник, прикрылся им по возможности — и стал, ковыляя, семеня, торопясь и спотыкаясь, сходить с лестницы. Чувствовал он в себе какое-то ослабление и онемение. Смущение его было в такой сильной степени, что, вышед на крыльцо, он не подождал и кареты, а сам пошел прямо через грязный двор до своего экипажа. Подойдя к своему экипажу и приготовляясь в нем поместиться, господин Голядкин мысленно обнаружил желание провалиться сквозь землю или спрятаться хоть в мышиную щелочку вместе с каретой. Ему казалось, что всё, что ни есть в доме Олсуфия Ивановича, вот так и смотрит теперь на него из всех окон. Он знал, что непременно тут же на месте умрет, если обернется назад.

— Что ты смеешься, болван? — сказал он скороговоркой Петрушке, который приготовился было его подсадить в карету.

— Да что мне смеяться-то? я ничего; куда теперь ехать?

— Ступай домой, поезжай...

— Пошел домой! — крикнул Петрушка, взмостясь на запятки.

"Экое горло воронье!" — подумал господин Голядкин. Между тем карета уже довольно далеко отъехала за Измайловский мост. Вдруг герой наш из всей силы дернул снурок и закричал своему кучеру немедленно воротиться назад. Кучер поворотил лошадей и через две минуты въехал опять во двор к Олсуфию Ивановичу. "Не нужно, дурак, не нужно; назад!" — "прокричал господин Голядкин, — и кучер словно ожидал такого приказания: не возражая ни на что, не останавливаясь у подъезда и объехав кругом весь двор, выехал снова на улицу.

Домой господин Голядкин не поехал, а, миновав Семеновский мост, приказал поворотить в один переулок и остановиться возле трактира довольно скромной наружности. Вышед из кареты, герой наш расплатился с извозчиком и, таким образом, избавился наконец от своего экипажа, Петрушке приказал идти домой и ждать его возвращения, сам же вошел в трактир, взял особенный нумер и приказал подать себе пообедать. Чувствовал он себя весьма дурно, а голову свою в полнейшем разброде и в хаосе. Долго ходил он в волнении по комнате; наконец сел на стул, подпер себе лоб руками и начал всеми силами стараться обсудить и разрешить кое-что относительно настоящего своего положения...

Глава IV

День, торжественный день рождения Клары Олсуфьевны, единородной дочери статского советника Берендеева, в оно время благодетеля господина Голядкина, — день, ознаменовавшийся блистательным, великолепным званым обедом, таким обедом, какого давно не видали в стенах чиновничьих квартир у Измайловского моста и около, — обедом, который походил более на какой-то пир вальтасаровский, чем на обед, — который отзывался чем-то вавилонским в отношении блеска, роскоши и приличия, с шампанским-клико, с устрицами и плодами Елисеева и Милютиных лавок, со всякими упитанными тельцами и чиновною табелью о рангах, — этот торжественный день, ознаменовавшийся таким торжественным обедом, заключился блистательным балом, семейным, маленьким, родственным балом, но все-таки блистательным в отношении вкуса, образованности и приличия. Конечно, я совершенно согласен, такие балы бывают, но редко. Такие балы, более похожие на семейные радости, чем на балы, могут лишь даваться в таких домах, как например дом статского советника Берендеева. Скажу более: я даже сомневаюсь, чтоб у всех статских советников могли даваться такие балы. О, если бы я был поэт! — разумеется, по крайней мере такой, как Гомер или Пушкин; с меньшим талантом соваться нельзя — я бы непременно изобразил вам яркими красками и широкою кистью, о читатели! весь этот высокоторжественный день. Нет, я бы начал свою поэму обедом, я особенно бы налег на то поразительное и вместе с тем торжественное мгновение, когда поднялась первая заздравная чаша в честь царицы праздника. Я изобразил бы вам, во-первых, этих гостей, погруженных в благоговейное молчание и ожидание, более похожее на демосфеновское красноречие, чем на молчание. Я изобразил бы вам потом Андрея Филипповича, как старшего из гостей, имеющего даже некоторое право на первенство, украшенного сединами и приличными седине орденами, вставшего с места и поднявшего над головою заздравный бокал с искрометным вином, — вином, нарочно привозимым из одного отдаленного королевства, чтоб запивать им подобные мгновения, — вином, более похожим на божественный нектар, чем на вино— Я изобразил бы вам гостей и счастливых родителей царицы праздника, поднявших тоже свои бокалы вслед за Андреем

Филипповичем и устремивших на него полные ожидания очи. Я изобразил бы вам, как этот часто поминаемый Андрей Филиппович, уронив сначала слезу в бокал, проговорил поздравление и пожелание, провозгласил тост и выпил за здравие... Но, сознаюсь, вполне сознаюсь, не мог бы я изобразить всего торжества той минуты, когда сама царица праздника, Клара Олсуфьевна, краснея, как вешняя роза, румянцем блаженства и стыдливости, от полноты чувств упала в объятия нежной матери, как прослезилась нежная мать и как зарыдал при сем случае сам отец, маститый старец и статский советник Олсуфий Иванович, лишившийся употребления ног на долговременной службе и вознагражденный судьбою за таковое усердие капитальцем, домком, деревеньками и красавицей дочерью, — зарыдал как ребенок и провозгласил сквозь слезы, что его превосходительство благодетельный человек. Я бы не мог, да, именно не мог бы изобразить вам и неукоснительно последовавшего за сей минутой всеобщего увлечения сердец, — увлечения, ясно выразившегося даже поведением одного юного регистратора (который в это мгновение походил более на статского советника, чем на регистратора), тоже прослезившегося, внимая Андрею Филипповичу. В свою очередь Андрей Филиппович в это торжественное мгновение вовсе не походил на коллежского советника и начальника отделения в одном департаменте, — нет, он казался чем-то другим... я не знаю только, чем именно, но не коллежским советником. Он был выше! Наконец... о! для чего я не обладаю тайною слога высокого, сильного, слога торжественного, для изображения всех этих прекрасных и назидательных моментов человеческой жизни, как будто нарочно устроенных для доказательства, как иногда торжествует добродетель над неблагонамеренностью, вольнодумством, пороком и завистью! Я ничего не скажу, но молча — что будет лучше всякого красноречия — укажу вам на этого счастливого юношу, вступающего в свою двадцать шестую весну, — на Владимира Семеновича, племянника Андрея Филипповича, который встал в свою очередь с места, который провозглашает в свою очередь тост и на которого устремлены слезящиеся очи родителей царицы праздника, гордые очи Андрея Филипповича, стыдливые очи самой царицы праздника, восторженные очи гостей и даже прилично завистливые очи некоторых молодых сослуживцев этого блестящего юноши. Я не скажу ничего, хотя не могу не заметить, что всё в этом юноше, — который более похож на старца, чем на юношу, говоря в выгодном для него отношении, — всё, начиная с цветущих ланит до самого асессорского, на нем лежавшего чина, всё это в сию торжественную минуту только что не проговаривало, что, дескать, до такой-то высокой степени может благонравие довести человека! Я не буду описывать, как, наконец, Антон Антонович Сеточкин, столоначальник одного департамента, сослуживец Андрея Филипповича и некогда Олсуфия Ивановича, вместе с тем старинный друг дома и крестный отец Клары Олсуфьевны, — старичок, как лунь седенький, в свою очередь предлагая тост, пропел петухом и проговорил веселые вирши; как он таким приличным забвением приличия, если можно так выразиться, рассмешил до слез целое общество и как сама Клара Олсуфьевна за таковую веселость и любезность поцеловала его, по приказанию родителей. Скажу только, что, наконец, гости, которые после такого обеда, естественно, должны были чувствовать себя друг другу родными и братьями, встали из-за стола; как потом старички и люди солидные, после недолгого времени, употребленного на дружеский разговор и даже на кое-какие, разумеется, весьма приличные и любезные откровенности, чинно прошли в другую комнату и, не теряя золотого времени, разделившись на партии, с чувством собственного достоинства сели за столы, обтянутые зеленым сукном; как дамы, усевшись в гостиной, стали вдруг все необыкновенно любезны и начали разговаривать о разных материях; как, наконец, сам высокоуважаемый хозяин дома, лишившийся употребления ног на службе верою и правдою и награжденный за это всем, чем выше упомянуто было, стал расхаживать на костылях между гостями своими, поддерживаемый Владимиром Семеновичем и Кларой Олсуфьевной, и как, вдруг сделавшись тоже необыкновенно любезным, решился импровизировать маленький скромный бал, несмотря на издержки; как для сей цели командирован был один расторопный юноша (тот самый, который за обедом более похож был на статского советника, чем на юношу) за музыкантами; как потом прибыли музыканты в числе целых одиннадцати штук и как, наконец, ровно в половине девятого раздались призывные звуки французской кадрили и прочих различных танцев... Нечего уже и говорить, что перо мое слабо, вяло и тупо для приличного изображения бала, импровизированного необыкновенною любезностью седовласого хозяина. Да и как, спрошу я, как могу я, скромный повествователь весьма, впрочем, любопытных в своем роде приключений господина Голядкина, — как могу я изобразить эту необыкновенную и благопристойную смесь красоты, блеска, приличия, веселости, любезной солидности и солидной любезности, резвости, радости, все эти игры и смехи всех этих чиновных дам, более похожих на фей, чем на дам, — говоря в выгодном для них отношении, — с их лилейно-розовыми плечами и личиками, с их воздушными станами, с их резво-игривыми, гомеопатическими, говоря высоким слогом, ножками? Как изображу я вам, наконец, этих блестящих чиновных кавалеров, веселых и солидных, юношей и степенных, радостных и прилично-туманных, курящих в антрактах между танцами в маленькой отдаленной зеленой комнате трубку и не курящих в антрактах трубки, — кавалеров, имевших на себе, от первого до последнего, приличный чин и фамилию, — кавалеров, глубоко проникнутых чувством изящного и чувством собственного достоинства, — кавалеров, говорящих большею частию на французском языке с дамами, а если на русском, то выражениями самого высокого тона, комплиментами и глубокими фразами, — кавалеров, разве только в трубочной позволявших себе некоторые любезные отступления от языка высшего тона, некоторые фразы дружеской и любезной короткости, вроде таких, например: "что, дескать, ты, такой-сякой, Петька, славно польку откалывал", или: "что, дескать, ты, такой-сякой, Вася, пришпандорил-таки свою дамочку, как хотел". На всё это, как уже выше имел я честь объяснить вам, о читатели! недостает пера моего, и потому я молчу. Обратимся лучше к господину Голядкину, единственному, истинному герою весьма правдивой повести нашей.

Дело в том, что он находится теперь в весьма странном, чтоб не сказать более, положении. Он, господа, тоже здесь, то есть не на бале, но почти что на бале; он, господа, ничего; он хотя и сам по себе, но в эту минуту стоит на дороге не совсем-то прямой; стоит он теперь — даже странно сказать — стоит он теперь в сенях, на черной лестнице квартиры Олсуфия Ивановича. Но это ничего, что он тут стоит; он так себе. Он, господа, стоит в уголку, забившись в местечко хоть не потеплее, но зато потемнее, закрывшись отчасти огромным шкафом и старыми ширмами, между всяким дрязгом, хламом и рухлядью, скрываясь до времени и покамест только наблюдая за ходом общего дела в качестве постороннего зрителя. Он, господа, только наблюдает теперь: он, господа, тоже ведь может войти... почему же не войти? Стоит только шагнуть, и войдет, и весьма ловко войдет. Сейчас только, — выстаивая, впрочем, уже третий час на холоде, между шкафом и ширмами, между всяким хламом, дрязгом и рухлядью, — цитировал он, в собственное оправдание свое, одну фразу блаженной памяти французского министра Виллеля, что "всё, дескать, придет своим чередом, если выждать есть сметка". Фразу эту вычитал господин Голядкин когда-то из совершенно посторонней, впрочем, книжки, но теперь весьма кстати привел ее себе на память. Фраза, во-первых, очень хорошо шла к настоящему его положению, а во-вторых, чего же не придет в голову человеку, выжидающему счастливой развязки обстоятельств своих почти битые три часа в сенях, в темноте и на холоде? Цитировав, как уже сказано было, весьма кстати фразу бывшего французского министра Виллеля, господин Голядкин тут же, неизвестно почему, припомнил и о бывшем турецком визире Марцимирисе, равно как и о прекрасной маркграфине Луизе, историю которых читал он тоже когда-то в книжке. Потом пришло ему на память, что иезуиты поставили даже правилом своим считать все средства годящимися, лишь бы цель могла быть достигнута. Обнадежив себя немного подобным историческим пунктом, господин Голядкин сказал сам себе, что, дескать, что иезуиты? иезуиты все до одного были величайшие дураки, что он сам их всех заткнет за пояс, что вот только бы хоть на минуту опустела буфетная (та комната, которой дверь выходила прямо в сени, на черную лестницу, и где господин Голядкин находился теперь), так он, несмотря на всех иезуитов, возьмет — да прямо и пройдет, сначала из буфетной в чайную, потом в ту комнату, где теперь в карты играют, а там прямо в залу, где теперь польку танцуют. И пройдет, непременно пройдет, ни на что не смотря пройдет, проскользнет — да и только, и никто не заметит; а там уж он сам знает, что ему делать. Вот в таком-то положении, господа, находим мы теперь героя совершенно правдивой истории нашей, хотя, впрочем, трудно объяснить, что именно делалось с ним в настоящее время. Дело-то в том, что он до сеней и до лестницы добраться умел, по той причине, что, дескать, почему ж не добраться, что все добираются; но далее проникнуть не смел, явно этого сделать не смел... не потому, чтоб чего-нибудь не смел, а так, потому что сам не хотел, потому что ему лучше хотелось быть втихомолочку. Вот он, господа, и выжидает теперь тихомолочки, и выжидает ее ровно два часа с половиною. Отчего ж и не выждать? И сам Виллель выжидал. "Да что тут Виллель! — думал господин Голядкин, — какой тут

Виллель? А вот как бы мне теперь, того... взять да и проникнуть?.. Эх ты, фигурант ты этакой! — сказал господин Голядкин, ущипнув себя окоченевшею рукою за окоченевшую щеку, — дурашка ты этакой, Голядка ты этакой, — фамилия твоя такова!.." Впрочем, это ласкательство собственной особе своей в настоящую минуту было лишь так себе, мимоходом, без всякой видимой цели. Вот было он сунулся и подался вперед; минута настала; буфетная опустела, и в ней нет никого; господин Голядкин видел всё это в окошко; в два шага очутился он у двери и уже стал отворять ее. "Идти или нет? Ну, идти или нет? Пойду... отчего ж не пойти? Смелому дорога везде!" Обнадежив себя таким образом, герой наш вдруг и совсем неожиданно ретировался за ширмы. "Нет, — думал он, — а ну как войдет кто-нибудь? Так и есть, вошли; чего ж я зевал, когда народу не было? Этак бы взять да и проникнуть!.. Нет, уж что проникнуть, когда характер у человека такой! Эка ведь тенденция подлая! Струсил, как курица. Струсить-то наше дело, вот оно что! Нагадить-то всегда наше дело: об этом вы нас и не спрашивайте. Вот и стой здесь, как чурбан, да и только! Дома бы чаю теперь выпить чашечку... Оно бы и приятно этак было выпить бы чашечку. Позже прийти, так Петрушка будет, пожалуй, ворчать. Не пойти ли домой? Черти бы взяли всё это! Иду, да и только!" Разрешив таким образом свое положение, господин Голядкин быстро подался вперед, словно пружину какую кто тронул в нем; с двух шагов очутился в буфетной, сбросил шинель, снял свою шляпу, поспешно сунул это всё в угол, оправился и огладился; потом... потом двинулся в чайную, из чайной юркнул еще в другую комнату, скользнул почти незаметно между вошедшими в азарт игроками; потом... потом... тут господин Голядкин позабыл всё, что вокруг него делается, и прямо, как снег на голову, явился в танцевальную залу.

Как нарочно в это время не танцевали. Дамы гуляли по зале живописными группами. Мужчины сбивались в кружки или шныряли по комнате, ангажируя дам. Господин Голядкин не замечал этого ничего. Видел он только Клару Олсуфьевну; возле нее Андрея Филипповича, потом Владимира Семеновича, да еще двух или трех офицеров, да еще двух или трех молодых людей, тоже весьма интересных, подающих или уже осуществивших, как можно было по первому взгляду судить, кое-какие надежды... Видел он и еще кой-кого. Или нет; он уже никого не видал, ни на кого не глядел... а двигаемый тою же самою пружиной, посредством которой вскочил на чужой бал непрошенный, подался вперед, потом и еще вперед, и еще вперед; наткнулся мимоходом на какого-то советника, отдавил ему ногу; кстати уже наступил на платье одной почтенной старушки и немного порвал его, толкнул человека с подносом, толкнул и еще кой-кого и, не заметив всего этого или, лучше сказать, заметив, но уж так, заодно, не глядя ни на кого, пробираясь всё далее и далее вперед, вдруг очутился перед самой Кларой Олсуфьевной. Без всякого сомнения, глазком не мигнув, он с величайшим бы удовольствием провалился в эту минуту сквозь землю; но что сделано было, того не воротишь... ведь уж никак не воротишь. Что же было делать? Не удастся — держись, а удастся — крепись. Господин Голядкин, уж разумеется, был не интригант и лощить паркет сапогами не мастер... Так уж случилось. К тому же и иезуиты как-то тут подмешались... Но не до них, впрочем, было господину Голядкину! Всё, что ходило, шумело, говорило, смеялось, вдруг, как бы по мановению какому, затихло и мало-помалу столпилось около господина Голядкина. Господин Голядкин, впрочем, как бы ничего не слыхал, ничего не видал, он не мог смотреть... он ни за что не мог смотреть; он опустил глаза в землю да так и стоял себе, дав себе, впрочем, мимоходом честное слово каким-нибудь образом застрелиться в эту же ночь. Дав себе такое честное слово, господин Голядкин мысленно сказал себе: "Была не была!" — и, к собственному своему величайшему изумлению, совсем неожиданно начал вдруг говорить.

Начал господин Голядкин поздравлениями и приличными пожеланиями. Поздравления прошли хорошо; а на пожеланиях герой наш запнулся. Чувствовал он, что если запнется, то всё сразу к черту пойдет. Так и вышло — запнулся и завяз... завяз и покраснел; покраснел и потерялся; потерялся и поднял глаза; поднял глаза и обвел их кругом; обвел их кругом и — и обмер... Всё стояло, всё молчало, всё выжидало; немного подальше зашептало; немного поближе захохотало. Господин Голядкин бросил покорный, потерянный взор на Андрея Филипповича. Андрей Филиппович ответил господину Голядкину таким взглядом, что если б герой наш не был уже убит вполне, совершенно, то был бы непременно убит в другой раз, — если б это было только возможно. Молчание длилось.

— Это более относится к домашним обстоятельствам и к частной жизни моей, Андрей Филиппович, — едва слышным голосом проговорил полумертвый господин Голядкин, — это не официальное приключение, Андрей Филиппович...

— Стыдитесь, сударь, стыдитесь! — проговорил Андрей Филиппович полушепотом, с невыразимою миной негодования, — проговорил, взял за руку Клару Олсуфьевну и отвернулся от господина Голядкина.

— Нечего мне стыдиться, Андрей Филиппович, — отвечал господин Голядкин также полушепотом, обводя свои несчастные взоры кругом, потерявшись и стараясь по сему случаю отыскать в недоумевающей толпе средины и социального своего положения.

— Ну, и ничего, ну, и ничего, господа! ну, что ж такое? ну, и со всяким может случиться, — шептал господин Голядкин, сдвигаясь понемногу с места и стараясь выбраться из окружавшей его толпы. Ему дали дорогу. Герой наш кое-как прошел между двумя рядами любопытных и недоумевающих наблюдателей. Рок увлекал его. Господин Голядкин сам это чувствовал, что рок-то его увлекал. Конечно, он бы дорого дал за возможность находиться теперь, без нарушения приличий, на прежней стоянке своей в сенях, возле черной лестницы; но так как это было решительно невозможно, то он и начал стараться улизнуть куда-нибудь в уголок да так и стоять себе там — скромно, прилично, особо, никого не затрагивая, не обращая на себя исключительного внимания, но вместе с тем снискав благорасположение гостей и хозяина. Впрочем, господин Голядкин чувствовал, что его как будто бы подмывает что-то, как будто он колеблется, падает. Наконец он добрался до одного уголка и стал в нем как посторонний, довольно равнодушный наблюдатель, опершись руками на спинки стульев, захватив их, таким образом, в свое полное обладание и стараясь по возможности взглянуть бодрым взглядом на сгруппировавшихся около него гостей Олсуфья Ивановича. Ближе всех стоял к нему какой-то офицер, высокий и красивый малый, пред которым господин Голядкин почувствовал себя настоящей букашкой.

— Эти два стула, поручик, назначены: один для Клары Олсуфьевны, а другой для танцующей здесь же княжны Чевчехановой; я их, поручик, теперь для них берегу, — задыхаясь, проговорил господин Голядкин, обращая умоляющий взор на господина поручика. Поручик молча и с убийственной улыбкой отворотился. Осекшись в одном месте, герой наш попробовал было попытать счастье где-нибудь с другой стороны и обратился прямо к одному важному советнику с значительным крестом на шее. Но советник обмерил его таким холодным взглядом, что господин Голядкин ясно почувствовал, что его вдруг окатили целым ушатом холодной воды. Господин Голядкин затих. Он решился лучше смолчать, не заговаривать, показать, что он так себе, что он тоже так, как и все, и что положение его, сколько ему кажется по крайней мере, тоже приличное. С этою целью он приковал свой взгляд к обшлагам своего вицмундира, потом поднял глаза и остановил их на одном весьма почтенной наружности господине. "На этом господине парик, — подумал господин Голядкин, — а если снять этот парик, так будет голая голова, точь-в-точь как ладонь моя голая". Сделав такое важное открытие, господин Голядкин вспомнил и о арабских эмирах, у которых, если снять с головы зеленую чалму, которую они носят в знак родства своего с пророком Мухаммедом, то останется тоже голая, безволосая голова. Потом, и, вероятно, по особенному столкновению идей относительно турков в голове своей, господин Голядкин дошел и до туфлей турецких и тут же кстати вспомнил, что Андрей Филиппович носит сапоги, похожие больше на туфли, чем на сапоги. Заметно было, что господин Голядкин отчасти освоился с своим положением. "Вот если б эта люстра, — мелькнуло в голове господина Голядкина, — вот если б эта люстра сорвалась теперь с места и упала на общество, то я бы тотчас бросился спасать Клару Олсуфьевну. Спасши ее, сказал бы ей: "Не беспокойтесь, сударыня; это ничего-с, а спаситель ваш я". Потом..." Тут господин Голядкин повернул глаза в сторону, отыскивая Клару Олсуфьевну, и увидел Герасимыча, старого камердинера Олсуфия Ивановича. Герасимыч с самым заботливым, с самым официально-торжественным видом пробирался прямо к нему. Господин Голядкин вздрогнул и поморщился от какого-то безотчетного и вместе с тем самого неприятного ощущения. Машинально осмотрелся кругом: ему пришло было на мысль как-нибудь, этак под рукой, бочком, втихомолку улизнуть от греха, этак взять — да и стушеваться, то есть сделать так, как будто бы он ни в одном глазу, как будто бы вовсе не в нем было и дело. Однако, прежде чем наш герой успел решиться на что-нибудь, Герасимыч уже стоял перед ним.

— Видите ли, Герасимыч, — сказал наш герой, с улыбочкой обращаясь к Герасимычу, — вы возьмите да и прикажите, — вот видите, свечка там в канделябре, Герасимыч, — она сейчас упадет: так вы, знаете ли, прикажите поправить ее; она, право, сейчас упадет, Герасимыч...

— Свечка-с? нет-с, свечка прямо стоит-с; а вот вас кто-то там спрашивает-с.

— Кто же это там меня спрашивает, Герасимыч?

— А уж, право, не знаю-с, кто именно-с. Человек от какнх-то-с. Здесь, дескать, находится Яков Петрович

Голядкин? Так вызовите, говорит, его по весьма нужному и спешному делу... вот как-с.

— Нет, Герасимыч, вы ошибаетесь; в этом вы, Герасимыч, ошибаетесь.

— Сумнительно-с...

— Нет, Герасимыч, не сумнительно; тут, Герасимыч, ничего нет сумнительного. Никто меня не спрашивает. Герасимыч, меня некому спрашивать, а я здесь у себя, то есть на своем месте, Герасимыч.

Господин Голядкин перевел дух и осмотрелся кругом. Так и есть! Всё, что ни было в зале, все так и устремились на него взором и слухом в каком-то торжественном ожидании. Мужчины толпились поближе и прислушивались. Подальше тревожно перешептывались дамы. Сам хозяин явился в весьма недальнем расстоянии от господина Голядкина, и хотя по виду его нельзя было заметить, что он тоже в свою очередь принимает прямое и непосредственное участие в обстоятельствах господина Голядкина, потому что всё это делалось на деликатную ногу, но тем не менее всё это дало ясно почувствовать герою повести нашей, что минута для него настала решительная. Господин Голядкин ясно видел, что настало время удара смелого, время посрамления врагов его. Господин Голядкин был в волнении. Господин Голядкин почувствовал какое-то вдохновение и дрожащим, торжественным голосом начал снова, обращаясь к ожидавшему Герасимычу:

— Нет, мой друг, меня никто не зовет. Ты ошибаешься. Скажу более, ты ошибался и утром сегодня, уверяя меня... осмеливаясь уверять меня, говорю я (господин Голядкин возвысил голос), что Олсуфий Иванович, благодетель мой с незапамятных лет, заменивший мне в некотором смысле отца, закажет для меня дверь свою в минуту семейной и торжественнейшей радости для его сердца родительского. (Господин Голядкин самодовольно, но с глубоким чувством осмотрелся кругом. На ресницах его навернулись слезы.) Повторяю, мой друг, — заключил наш герой, — ты ошибался, ты жестоко, непростительно ошибался...

Минута была торжественная. Господин Голядкин чувствовал, что эффект был вернейший. Господин Голядкин стоял, скромно потупив глаза и ожидая объятий Олсуфия Ивановича. В гостях заметно было волнение и недоумение; даже сам непоколебимый и ужасный Герасимыч заикнулся на слове "сумнительно-с"... как вдруг беспощадный оркестр ни с того ни с сего грянул польку. Всё пропало, всё на ветер пошло. Господин Голядкин вздрогнул, Герасимыч отшатнулся назад, всё, что ни было в зале, заволновалось, как море, и Владимир Семенович уже несся в первой паре с Кларой Олсуфьевной, а красивый поручик с княжной Чевчехановой. Зрители с любопытством и восторгом теснились взглянуть на танцующих польку — танец интересный, новый, модный, круживший всем головы. Господин Голядкин был на время забыт. Но вдруг всё заволновалось, замешалось, засуетилось; музыка умолкла... случилось странное происшествие. Утомленная танцем, Клара Олсуфьевна, едва переводя дух от усталости, с пылающими щеками и глубоко волнующеюся грудью упала наконец в изнеможении сил в кресла. Все сердца устремились к прелестной очаровательнице, все спешили наперерыв приветствовать ее и благодарить за оказанное удовольствие, — вдруг перед нею очутился господин Голядкин. Господин Голядкин был бледен, крайне расстроен; казалось, он тоже был в каком-то изнеможении, он едва двигался. Он отчего-то улыбался, он просительно протягивал руку. Клара Олсуфьевна в изумлении не успела отдернуть руки своей и машинально встала на приглашение господина Голядкина. Господин Голядкин покачнулся вперед, сперва один раз, потом другой, потом поднял ножку, потом как-то пришаркнул, потом как-то притопнул, потом споткнулся... он тоже хотел танцевать с Кларой Олсуфьевной. Клара Олсуфьевна вскрикнула; все бросились освобождать ее руку из руки господина Голядкина, и разом герой наш был оттеснен толпою едва ли не на десять шагов расстояния. Вокруг него сгруппировался тоже кружок. Послышался визг и крик двух старух, которых господин Голядкин едва не опрокинул в ретираде. Смятение было ужасное; всё спрашивало, всё кричало, всё рассуждало. Оркестр умолк. Герой наш вертелся в кружке своем и машинально, отчасти улыбаясь, что-то бормотал про себя, что, "дескать, отчего ж и нет и что, дескать, полька, сколько ему по крайней мере кажется, танец новый и весьма интересный, созданный для утешения дам... но что если так дело пошло, то он, пожалуй, готов согласиться". Но согласия господина Голядкина, кажется, никто и не спрашивал. Герой наш почувствовал, что вдруг чья-то рука упала на его руку, что другая рука немного оперлась на спину его, что его с какою-то особенною заботливостью направляют в какую-то сторону. Наконец, он заметил, что идет прямо к дверям. Господин Голядкин хотел было что-то сказать, что-то сделать... Но нет, он уже ничего не хотел. Он только машинально отсмеивался. Наконец, он почувствовал, что на него надевают шинель, что ему нахлобучили на глаза шляпу; что, наконец, он почувствовал себя в сенях, в темноте и на холоде, наконец и на лестнице. Наконец, он споткнулся, ему казалось, что он падает в бездну; он хотел было вскрикнуть — и вдруг очутился на дворе. Свежий воздух пахнул на него, он на минутку приостановился; в самое это мгновение до него долетели звуки вновь грянувшего оркестра. Господин Голядкин вдруг вспомнил всё; казалось, все опавшие силы его возвратились к нему опять. Он сорвался с места, на котором доселе стоял, как прикованный, и стремглав бросился вон, куда-нибудь, на воздух, на волю, куда глаза глядят...

Глава V

На всех петербургских башнях, показывающих и бьющих часы, пробило ровно полночь, когда господин Голядкин, вне себя, выбежал на набережную Фонтанки, близ самого Измайловского моста, спасаясь от врагов, от преследований, от града щелчков, на него занесенных, от крика встревоженных старух, от оханья и аханья женщин и от убийственных взглядов Андрея Филипповича. Господин Голядкин был убит, — убит вполне, в полном смысле слова, и если сохранил в настоящую минуту способность бежать, то единственно по какому-то чуду, по чуду, которому он сам, наконец, верить отказывался. Ночь была ужасная, ноябрьская, — мокрая, туманная, дождливая, снежливая, чреватая флюсами, насморками, лихорадками, жабами, горячками всех возможных родов и сортов — одним словом, всеми дарами петербургского ноября. Ветер выл в опустелых улицах, вздымая выше колец черную воду Фонтанки и задорно потрогивая тощие фонари набережной, которые в свою очередь вторили его завываниям тоненьким, пронзительным скрипом, что составляло бесконечный, пискливый, дребезжащий концерт, весьма знакомый каждому петербургскому жителю. Шел дождь и снег разом. Прорываемые ветром струи дождевой воды прыскали чуть-чуть не горизонтально, словно из пожарной трубы, и кололи и секли лицо несчастного господина Голядкина, как тысячи булавок и шпилек. Среди ночного безмолвия, прерываемого лишь отдаленным гулом карет, воем ветра и скрипом фонарей, уныло слышались хлест и журчание воды, стекавшей со всех крыш, крылечек, желобов и карнизов на гранитный помост тротуара. Ни души не было ни вблизи, ни вдали, да казалось, что и быть не могло в такую пору и в такую погоду. Итак, один только господин Голядкин, один с своим отчаянием, трусил в это время по тротуару Фонтанки своим обыкновенным мелким и частым шажком, спеша добежать как можно скорее в свою Шестилавочную улицу, в свой четвертый этаж, к себе на квартиру.

Хотя снег, дождь и всё то, чему даже имени не бывает, когда разыграется вьюга и хмара под петербургским ноябрьским небом, разом, вдруг атаковали и без того убитого несчастиями господина Голядкина, не давая ему ни малейшей пощады и отдыха, пронимая его до костей, залепляя глаза, продувая со всех сторон, сбивая с пути и с последнего толка, хоть всё это разом опрокинулось на господина Голядкина, как бы нарочно сообщась и согласясь со всеми врагами его отработать ему денек, вечерок и ночку на славу, — несмотря на всё это, господин Голядкин остался почти нечувствителен к этому последнему доказательству гонения судьбы: так сильно потрясло и поразило его всё происшедшее с ним несколько минут назад у господина статского советника Берендеева! Если б теперь посторонний, неинтересованный какой-нибудь наблюдатель взглянул бы так себе, сбоку, на тоскливую побежку господина Голядкина, то и тот бы разом проникнулся всем страшным ужасом его бедствий и непременно сказал бы, что господин Голядкин глядит теперь так, как будто сам от себя куда-то спрятаться хочет, как будто сам от себя убежать куда-нибудь хочет. Да! оно было действительно так. Скажем более: господин Голядкин не только желал теперь убежать от себя самого, но даже совсем уничтожиться, не быть, в прах обратиться. В настоящие минуты он не внимал ничему окружающему, не понимал ничего, что вокруг него делается, и смотрел так, как будто бы для него не существовало на самом деле ни неприятностей ненастной ночи, ни долгого пути, ни дождя, ни снега, ни ветра, ни всей крутой непогоды. Калоша, отставшая от сапога с правой ноги господина Голядкина, тут же и осталась в грязи и снегу, на тротуаре Фонтанки, а господин Голядкин и не подумал воротиться за нею и не приметил пропажи ее. Он был так озадачен, что несколько раз, вдруг, несмотря ни на что окружающее, проникнутый вполне идеей своего недавнего страшного падения, останавливался неподвижно, как столб, посреди тротуара; в это мгновение он умирал, исчезал; потом вдруг срывался как бешеный с места и бежал, бежал без оглядки, как будто спасаясь от чьей-то погони, от какого-то еще более ужасного бедствия... Действительно, положение было ужасное!.. Наконец, в истощении сил, господин Голядкин остановился, оперся на перила набережной в положении человека, у которого вдруг, совсем неожиданно, потекла носом кровь, и пристально стал смотреть на мутную, черную воду Фонтанки. Неизвестно, сколько именно времени проведено было им в этом занятии. Известно только, что в это мгновение господин Голядкин дошел до такого отчаяния, так был истерзан, так был измучен, до того изнемог и опал и без того уже слабыми остатками духа, что позабыл обо всем: и об Измайловском мосте, и о Шестилавочной улице, и о настоящем своем... Что ж в самом деле? ведь ему было всё равно: дело сделано, кончено, решение скреплено и подписано; что ж ему?.. Вдруг... вдруг он вздрогнул всем телом и невольно отскочил шага на два в сторону. С неизъяснимым беспокойством начал он озираться кругом; но никого не было, ничего не случилось особенного, — а между тем... между тем ему показалось, что кто-то сейчас, сию минуту, стоял здесь, около него, рядом с ним, тоже облокотясь на перила набережной, и — чудное дело! — даже что-то сказал ему, что-то скоро сказал, отрывисто, не совсем понятно, но о чем-то весьма к нему близком, до него относящемся. "Что ж, это мне почудилось, что ли? — сказал господин Голядкин, еще раз озираясь кругом. — Да я-то где же стою?.. Эх, эх!" — заключил он, покачав головою, а между тем с беспокойным, тоскливым чувством, даже со страхом стал вглядываться в мутную, влажную даль, напрягая всеми силами зрение и всеми силами стараясь пронзить близоруким взором своим мокрую средину, перед ним расстилавшуюся. Однако ж ничего не было нового, ничего особенного не бросилось в глаза господину Голядкину. Казалось, всё было в порядке, как следует, то есть снег валил еще сильнее, крупнее и гуще; на расстоянии двадцати шагов не было видно ни зги; фонари скрипели еще пронзительнее прежнего, и ветер, казалось, еще плачевнее, еще жалостнее затягивал тоскливую песню свою, словно неотвязчивый нищий, вымаливающий медный грош на свое пропитание. "Эх, эх! да что ж это со мною такое?" — повторил опять господин Голядкин, пускаясь снова в дорогу и всё слегка озираясь кругом.

А между тем какое-то новое ощущение отозвалось во всем существе господина Голядкина: тоска не тоска, страх не страх... лихорадочный трепет пробежал по жилам его. Минута была невыносимо неприятная! "Ну, ничего, — проговорил он, чтоб себя ободрить, — ну, ничего; может быть, это и совсем ничего и чести ничьей не марает. Может быть, оно так и надобно было, — продолжал он, сам не понимая, что говорит, — может быть, всё это в свое время устроится к лучшему, и претендовать будет не на что, и всех оправдает". Таким образом говоря и словами себя облегчая, господин Голядкин отряхнулся немного, стряхнул с себя снежные хлопья, навалившиеся густою корою ему на шляпу, на воротник, на шинель, на галстух, на сапоги и на всё, — но странного чувства, странной темной тоски своей всё еще не мог оттолкнуть от себя, сбросить с себя. Где-то далеко раздался пушечный выстрел. "Эка погодка, — подумал герой наш, — чу! не будет ли наводнения? видно, вода поднялась слишком сильно". Только что сказал или подумал это господин Голядкин, как увидел впереди себя идущего ему навстречу прохожего, тоже, вероятно, как и он, по какому-нибудь случаю запоздалого. Дело бы, кажется, пустое, случайное; но, неизвестно почему, господин Голядкин смутился и даже струсил, потерялся немного. Не то чтоб он боялся недоброго человека, а так, может быть... "Да и кто его знает, этого запоздалого, — промелькнуло в голове господина Голядкина, — может быть, и он то же самое, может быть, он-то тут и самое главное дело, и недаром идет, а с целью идет, дорогу мою переходит и меня задевает". Может быть, впрочем, господин Голядкин и не подумал именно этого, а так только ощутил мгновенно что-то подобное и весьма неприятное. Думать-то и ощущать, впрочем, некогда было: прохожий уже был в двух шагах. Господин Голядкин тотчас, по всегдашнему обыкновению своему, поспешил принять вид совершенно особенный, — вид, ясно выражавший, что он, Голядкин, сам по себе, что он ничего, что дорога для всех довольно широкая и что ведь он, Голядкин, сам никого не затрогивает. Вдруг он остановился, как вкопанный, как будто молнией пораженный, и быстро потом обернулся назад, вслед прохожему, едва только его минувшему, — обернулся с таким видом, как будто что его дернуло сзади, как будто ветер повернул его флюгер. Прохожий быстро исчезал в снежной метелице. Он тоже шел торопливо, тоже, как и господин Голядкин, был одет и укутан с головы до ног и, так же как и он, дробил и семенил по тротуару Фонтанки частым, мелким шажком, немного с притрусочкой. "Что, что это?" — шептал господин Голядкин, недоверчиво улыбаясь, однако ж дрогнул всем телом. Морозом подернуло у него по спине. Между тем прохожий исчез совершенно, не стало уже слышно и шагов его, а господин Голядкин всё еще стоял и глядел ему вслед. Однако ж наконец он мало-помалу опомнился. "Да что ж это такое, — подумал он с досадою, — что ж это я, с ума, что ли, в самом деле сошел?" — обернулся и пошел своею дорогою, ускоряя и частя более и более шаги и стараясь уж лучше вовсе ни о чем не думать. Даже и глаза, наконец, закрыл с сею целью. Вдруг, сквозь завывания ветра и шум непогоды. до слуха его долетел опять шум чьих-то весьма недалеких шагов. Он вздрогнул и открыл глаза. Перед ним опять, шагах в двадцати от него, чернелся какой-то быстро приближавшийся к нему человечек. Человечек этот спешил, частил, торопился; расстояние быстро уменьшалось. Господин Голядкин уже мог даже совсем разглядеть своего нового запоздалого товарища, — разглядел и вскрикнул от изумления и ужаса; ноги его подкосились. Это был тот самый знакомый ему пешеход, которого он, минут с десять назад, пропустил мимо себя и который вдруг, совсем неожиданно, теперь опять перед ним появился. Но не одно это чудо поразило господина Голядкина, — а поражен господин Голядкин был так, что остановился, вскрикнул, хотел было что-то сказать — и пустился догонять незнакомца, даже закричал ему что-то, вероятно желая остановить его поскорее. Незнакомец остановился действительно, так — шагах в десяти от господина Голядкина, и так, что свет близ стоявшего фонаря совершенно падал на всю фигуру его, — остановился, обернулся к господину Голядкину и с нетерпеливо-озабоченным видом ждал, что он скажет. "Извините, я, может, и ошибся", — дрожащим голосом проговорил наш герой. Незнакомец молча и с досадою повернулся и быстро пошел своею дорогою, как будто спеша нагнать потерянные две секунды с господином Голядкиным. Что же касается до господина Голядкина, то у него задрожали все жилки, колени его подогнулись, ослабли, и он со стоном присел на тротуарную тумбочку. Впрочем, действительно, было от чего прийти в такое смущение. Дело в том, что незнакомец этот показался ему теперь как-то знакомым. Это бы еще всё ничего. Он его часто видывал, этого человека, когда-то видывал, даже недавно весьма; где же бы это? уж не вчера ли? Впрочем, и опять не в том было главное дело, что господин Голядкин его видывал часто; да и особенного-то в этом человеке почти не было ничего, — особенного внимания решительно ничьего не возбуждал с первого взгляда этот человек. Так, человек был, как и все, порядочный, разумеется, как и все люди порядочные, и, может быть, имел там кое-какие и даже довольно значительные достоинства, — одним словом: был сам по себе человек. Господин Голядкин не питал даже ни ненависти, ни вражды, ни даже никакой самой легкой неприязни к этому человеку, даже напротив, казалось бы, — а между тем (ив этом-то вот обстоятельстве была главная сила), а между тем ни за какие сокровища мира не желал бы встретиться с ним и особенно встретиться так, как теперь, например. Скажем более: господин Голядкин знал вполне этого человека; он даже знал, как зовут его, как фамилия этого человека; а между тем ни за что, и опять-таки ни за какие сокровища в мире, не захотел бы назвать его, согласиться признать, что вот, дескать, его так-то зовут, что он так-то по батюшке и так по фамилии. Много ли, мало ли продолжалось недоразумение господина Голядкина, долго ли именно он сидел на тротуарном столбу, — не могу сказать, но только, наконец маленько очнувшись, он вдруг пустился бежать без оглядки, что силы в нем было; дух его занимался; он споткнулся два раза, чуть не упал — и при этом обстоятельстве осиротел другой сапог господина Голядкина, тоже покинутый своею калошею. Наконец, господин Голядкин сбавил шагу немножко, чтоб дух перевести, торопливо осмотрелся кругом и увидел, что уже перебежал, не замечая того, весь свой путь по Фонтанке, перешел Аничков мост, миновал часть Невского и теперь стоит на повороте в Литейную. Господин Голядкин поворотил в Литейную. Положение его в это мгновение походило на положение человека, стоящего над страшной стремниной, когда земля под ним обрывается, уж покачнулась, уж двинулась, в последний раз колышется, падает, увлекает его в бездну, а между тем у несчастного нет ни силы, ни твердости духа отскочить назад, отвесть свои глаза от зияющей пропасти; бездна тянет его, и он прыгает, наконец, в нее сам, сам ускоряя минуту своей же погибели. Господин Голядкин знал, чувствовал и был совершенно уверен, что с ним непременно совершится дорогой еще что-то недоброе, что разразится над ним еще какая-нибудь неприятность, что, например, он встретит опять своего незнакомца; но — странное дело, он даже желал этой встречи, считал ее неизбежною и просил только, чтоб поскорее всё это кончилось, чтоб положение-то его разрешилось хоть как-нибудь, но только б скорее. А между тем он всё бежал да бежал, и словно двигаемый какою-то постороннею силою, ибо во всем существе своем чувствовал какое-то ослабление и онемение; думать ни о чем он не мог, хотя идеи его цеплялись за всё, как терновник. Какая-то затерянная собачонка, вся мокрая и издрогшая, увязалась за господином Голядкиным и тоже бежала около него бочком, торопливо, поджав хвост и уши, по временам робко и понятливо на него поглядывая. Какая-то далекая, давно уж забытая идея, — воспоминание о каком-то давно случившемся обстоятельстве, — пришла теперь ему в голову, стучала, словно молоточком, в его голове, досаждала ему, не отвязывалась прочь от него. "Эх, эта скверная собачонка!" — шептал господин Голядкин, сам не понимая себя. Наконец, он увидел своего незнакомца на повороте в Итальянскую улицу. Только теперь незнакомец уже шел не навстречу ему, а в ту же самую сторону, как и он, тоже бежал, несколько шагов впереди. Наконец, вошли в Шестилавочную. У господина Голядкина дух захватило. Незнакомец остановился прямо перед тем домом, в котором квартировал господин Голядкин. Послышался звон колокольчика и почти в то же время скрип железной задвижки. Калитка отворилась, незнакомец нагнулся, мелькнул и исчез.

Почти в то же самое мгновение поспел и господин Голядкин и, как стрелка, влетел под ворота. Не слушая заворчавшего дворника, запыхавшись, вбежал он на двор и тотчас же увидал своего интересного спутника, на минуту потерянного. Незнакомец мелькнул при входе на ту лестницу, которая вела в квартиру господина Голядкина. Господин Голядкин бросился вслед за ним. Лестница была темная, сырая и грязная. На всех поворотах нагромождена была бездна всякого жилецкого хлама, так что чужой, не бывалый человек, попавши на эту лестницу в темное время, принуждаем был по ней с полчаса путешествовать, рискуя сломать себе ноги и проклиная вместе с лестницей и знакомых своих, неудобно так поселившихся. Но спутник господина Голядкина был словно знакомый, словно домашний; взбегал легко, без затруднений и с совершенным знанием местности. Господин Голядкин почти совсем нагонял его; даже раза два или три подол шинели незнакомца ударил его по носу. Сердце в нем замирало. Таинственный человек остановился прямо против дверей квартиры господина Голядкина, стукнул, и (что, впрочем, удивило бы в другое время господина Голядкина) Петрушка, словно ждал и спать не ложился, тотчас отворил дверь и пошел за вошедшим человеком со свечою в руках. Вне себя вбежал в жилище свое герой нашей повести; не снимая шинели и шляпы, прошел он коридорчик и, словно громом пораженный, остановился на пороге своей комнаты. Все предчувствия господина Голядкина сбылись совершенно. Всё, чего опасался он и что предугадывал, совершилось теперь наяву. Дыхание его порвалось, голова закружилась. Незнакомец сидел перед ним, тоже в шинели и в шляпе, на его же постели, слегка улыбаясь, и, прищурясь немного, дружески кивал ему головою. Господин Голядкин хотел закричать, но не мог, — протестовать каким-нибудь образом, но сил не хватило. Волосы встали на голове его дыбом, и он присел без чувств на месте от ужаса. Да и было от чего, впрочем. Господин Голядкин совершенно узнал своего ночного приятеля. Ночной приятель его был не кто иной, как он сам, — сам господин Голядкин, другой господин Голядкин, но совершенно такой же, как и он сам, — одним словом, что называется, двойник его во всех отношениях. . . . .

Глава VI

На другой день, ровно в восемь часов, господин Голядкин очнулся на своей постели. Тотчас же все необыкновенные вещи вчерашнего дня и вся невероятная, дикая ночь, с ее почти невозможными приключениями, разом, вдруг, во всей ужасающей полноте, явились его воображению и памяти. Такая ожесточенная адская злоба врагов его и особенно последнее доказательство этой злобы оледенили сердце господина Голядкина. Но и вместе с тем всё это было так странно, непонятно, дико, казалось так невозможным, что действительно трудно было веру дать всему этому делу; господин Голядкин даже сам готов был признать всё это несбыточным бредом, мгновенным расстройством воображения, отемнением ума, если б, к счастию своему, не знал по горькому житейскому опыту, до чего иногда злоба может довести человека, — до чего может иногда дойти ожесточенность врага, мстящего за честь и амбицию. К тому же разбитые члены господина Голядкина, чадная голова, изломанная поясница и злокачественный насморк сильно свидетельствовали и отстаивали всю вероятность вчерашней ночной прогулки, а частию и всего прочего, приключившегося во время этой прогулки. Да и, наконец, господин Голядкин уже давным-давно знал, что у них там что-то приготовляется, что у них там есть кто-то другой. Но — что же? Хорошенько раздумав, господин Голядкин решился смолчать, покориться и не протестовать по этому делу до времени. "Так, может быть, только попугать меня вздумали, а как увидят, что я ничего, не протестую и совершенно смиряюсь, с смирением переношу, так и отступятся, сами отступятся, да еще первые отступятся".

Так вот такие-то мысли были в голове господина Голядкина, когда он, потягиваясь в постели своей и расправляя разбитые члены, ждал, этот раз, обычного появления Петрушки в своей комнате. Ждал он уже с четверть часа; слышал, как ленивец Петрушка возится за перегородкой с самоваром, а между тем никак не решался позвать его. Скажем более: господин Голядкин даже немного боялся теперь очной ставки с Петрушкою. "Ведь бог знает, — думал он, — ведь бог знает, как теперь смотрит на всё это дело этот мошенник. Он там молчит-молчит, а сам себе на уме". Наконец дверь заскрипела и явился Петрушка с подносом в руках. Господин Голядкин робко на него покосился, с нетерпением ожидая, что будет, ожидая, не скажет ли он наконец чего-нибудь насчет известного обстоятельства. Но Петрушка ничего не сказал, а напротив, был как-то молчаливее, суровее и сердитее обыкновенного, косился на всё исподлобья; вообще видно было, что он чем-то крайне недоволен; даже ни разу не взглянул на своего барина, что, мимоходом сказать, немного кольнуло господина Голядкина; поставил на стол всё, что принес с собой, повернулся и ушел молча за свою перегородку. "Знает, знает, всё знает, бездельник!" — ворчал господин Голядкин, принимаясь за чай. Однако ж герой наш ровно ничего не расспросил у своего человека, хотя Петрушка несколько раз потом входил в его комнату за разными надобностями. В самом тревожном положении духа был господин Голядкин. Жутко было еще идти в департамент. Сильное предчувствие было, что вот именно там-то что-нибудь да не так. "Ведь вот пойдешь, — думал он, — да как наткнешься на что-нибудь? Не лучше ли теперь потерпеть?

Не лучше ли теперь подождать? Они там — пускай себе как хотят; а я бы сегодня здесь подождал, собрался бы с силами, оправился бы, размыслил получше обо всем этом деле, да потом улучил бы минутку, да всем им как снег на голову, а сам ни в одном глазу". Раздумывая таким образом, господин Голядкин выкуривал трубку за трубкой; время летело; было уже почти половина десятого. "Ведь вот уже половина десятого, — думал господин Голядкин, — и являться-то поздно. Да к тому же я болен, разумеется болен, непременно болен; кто же скажет, что нет? Что мне! А пришлют свидетельствовать, а пусть придет экзекутор; да и что же мне в самом деле? У меня вот спина болит, кашель, насморк; да и наконец, и нельзя мне идти, никак нельзя по этой погоде; я могу заболеть, а потом и умереть, пожалуй; нынче особенно смертность такая..." Такими резонами господин Голядкин успокоил наконец вполне свою совесть и заранее оправдался сам перед собою в нагоняе, ожидаемом от Андрея Филипповича за нерадение по службе. Вообще во всех подобных обстоятельствах крайне любил наш герой оправдывать себя в собственных глазах своих разными неотразимыми резонами и успокоивать таким образом вполне свою совесть. Итак, успокоив теперь вполне свою совесть, взялся он за трубку, набил ее и, только что начал порядочно раскуривать, — быстро вскочил с дивана, трубку отбросил, живо умылся, обрился, пригладился, натянул на себя вицмундир и всё прочее, захватил кое-какие бумаги и полетел в департамент.

Вошел господин Голядкин в свое отделение робко, с трепещущим ожиданием чего-то весьма нехорошего, — ожиданием хотя бессознательным, темным, но вместе с тем и неприятным; робко присел он на свое всегдашнее место возле столоначальника, Антона Антоновича Сеточкина. Ни на что не глядя, не развлекаясь ничем, вникнул он в содержание лежавших перед ним бумаг. Решился он и дал себе слово как можно сторониться от всего вызывающего, от всего могущего сильно его компрометировать, как-то: от нескромных вопросов, от чьих-нибудь шуточек и неприличных намеков насчет всех обстоятельств вчерашнего вечера; решился даже отстраниться от обычных учтивостей с сослуживцами, то есть вопросов о здоровье и прочее. Но очевидно тоже, что так оставаться было нельзя, невозможно. Беспокойство и неведение о чем-нибудь, близко его задевающем, всегда его мучило более, нежели самое задевающее. И вот почему, несмотря на данное себе слово не входить ни во что, что бы ни делалось, и сторониться от всего, что бы ни было, господин Голядкин изредка, украдкой, тихонько-тихонько приподымал голову и исподтишка поглядывал на стороны, направо, налево, заглядывал в физиономии своих сослуживцев и по ним уже старался заключить, нет ли чего нового и особенного, до него относящегося и от него с какими-нибудь неблаговидными целями скрываемого. Предполагал он непременную связь всего своего вчерашнего обстоятельства со всем теперь его окружающим. Наконец, в тоске своей, он начал желать, чтоб хоть бог знает как, да только разрешилось бы всё поскорее, хоть и бедой какой-нибудь — нужды нет! Как тут судьба поймала господина Голядкина: не успел он пожелать, как сомнения его вдруг разрешились, но зато самым странным и самым неожиданным образом.

Дверь из другой комнаты вдруг скрипнула тихо и робко, как бы рекомендуя тем, что входящее лицо весьма незначительно, и чья-то фигура, впрочем весьма знакомая господину Голядкину, застенчиво явилась перед самым тем столом, за которым помещался герой наш. Герой наш не подымал головы, — нет, он наглядел эту фигуру лишь вскользь, самым маленьким взглядом, но уже всё узнал, понял всё, до малейших подробностей. Он сгорел от стыда и уткнул в бумагу свою победную голову, совершенно с тою же самою целью, с которою страус, преследуемый охотником, прячет свою в горячий песок. Новоприбывший поклонился Андрею Филипповичу, и вслед затем послышался голос форменно-ласковый, такой, каким говорят начальники во всех служебных местах с новопоступившими подчиненными. "Сядьте вот здесь, — проговорил Андрей Филиппович, указывая новичку на стол Антона Антоновича, — вот здесь, напротив господина Голядкина, а делом мы вас тотчас займем". Андрей Филиппович, заключил тем, что сделал новоприбывшему скорый прилично-увещательный жест, а потом немедленно углубился в сущность разных бумаг, которых перед ним была целая куча.

Господин Голядкин поднял наконец глаза, и если не упал в обморок, то единственно оттого, что уже сперва всё дело предчувствовал, что уже сперва был обо всем предуведомлен, угадав пришельца в душе. Первым движением господина Голядкина было быстро осмотреться кругом, — нет ли там какого шушуканья, не отливается ли на этот счет какая-нибудь острота канцелярская, не искривилось ли чье лицо удивлением, не упал ли, наконец, кто-нибудь под стол от испуга. Но, к величайшему удивлению господина Голядкина, ни в ком не обнаружилось ничего подобного. Поведение господ товарищей и сослуживцев господина Голядкина поразило его. Оно казалось вне здравого смысла. Господин Голядкин даже испугался такого необыкновенного молчания. Существенность за себя говорила; дело было странное, безобразное, дикое. Было от чего шевельнуться. Всё это, разумеется, только мелькнуло в голове господина Голядкина. Сам же он горел на мелком огне. Да и было от чего, впрочем. Тот, кто сидел теперь напротив господина Голядкина, был — ужас господина Голядкина, был — стыд господина Голядкина, был — вчерашний кошмар господина Голядкина, одним словом, был сам господин Голядкин, — не тот господин Голядкин, который сидел теперь на стуле с разинутым ртом и с застывшим пером в руке; не тот, который служил в качестве помощника своего столоначальника; не тот, который любит стушеваться и зарыться в толпе; не тот, наконец, чья походка ясно выговаривает: "Не троньте меня, и я вас трогать не буду", или: "Не троньте меня, ведь я вас не затрогиваю", — нет, это был другой господин Голядкин, совершенно другой, но вместе с тем и совершенно похожий на первого, — такого же роста, такого же склада, так же одетый, с такой же лысиной, — одним словом, ничего, решительно ничего не было забыто для совершенного сходства, так что если б взять да поставить их рядом, то никто, решительно никто не взял бы на себя определить, который именно настоящий Голядкин, а который поддельный, кто старенький и кто новенький, кто оригинал и кто копия.

Герой наш, если возможно сравнение, был теперь в положении человека, над которым забавлялся проказник какой-нибудь, для шутки наводя на него исподтишка зажигательное стекло. "Что же это, сон или нет, — думал он, — настоящее или продолжение вчерашнего? Да как же? по какому же праву всё это делается? кто разрешил такого чиновника, кто дал право на это? Сплю ли я, грежу ли я?" Господин Голядкин попробовал ущипнуть самого себя, даже попробовал вознамериться ущипнуть другого кого-нибудь... Нет, не сон, да и только. Господин Голядкин почувствовал, что пот с него градом льется, что сбывается с ним небывалое и доселе невиданное и, по тому самому, к довершению несчастия, неприличное, ибо господин Голядкин понимал и ощущал всю невыгоду быть в таком пасквильном деле первым примером. Он даже стал, наконец, сомневаться в собственном существовании своем, и хотя заранее был ко всему приготовлен и сам желал, чтоб хоть каким-нибудь образом разрешились его сомнения, но самая-то сущность обстоятельства уж конечно стоила неожиданности. Тоска его давила и мучила. Порой он совершенно лишался и смысла и памяти. Очнувшись после такого мгновения, он замечал, что машинально и бессознательно водит пером по бумаге. Не доверяя себе, он начинал поверять всё написанное — и не понимал ничего. Наконец другой господин Голядкин, сидевший до сих пор чинно и смирно, встал и исчез в дверях другого отделения за каким-то делом. Господин Голядкин оглянулся кругом, — ничего, всё тихо; слышен лишь скрип перьев, шум переворачиваемых листов и говор в уголках поотдаленнее от седалища Андрея Филипповича. Господин Голядкин взглянул на Антона Антоновича, и так как, по всей вероятности, физиономия нашего героя вполне отзывалась его настоящим и гармонировала со всем смыслом дела, следовательно в некотором отношении была весьма замечательна, то добрый Антон Антонович, отложив перо в сторону, с каким-то необыкновенным участием осведомился о здоровье господина Голядкина.

— Я, Антон Антонович, славу богу, — заикаясь, проговорил господин Голядкин. — Я, Антон Антонович, совершенно здоров; я, Антон Антонович, теперь ничего, — прибавил он нерешительно, не совсем еще доверяя часто поминаемому им Антону Антоновичу.

— А! А мне показалось, что вы нездоровы; впрочем, немудрено, чего доброго! Нынче же особенно всё такие поветрия. Знаете ли...

— Да, Антон Антонович, я знаю, что существуют такие поветрия... Я, Антон Антонович, не оттого, — продолжал господин Голядкин, пристально вглядываясь в Антона Антоновича, — я, видите ли, Антон Антонович, даже не знаю, как вам, то есть я хочу сказать, с которой стороны за это дело приняться, Антон Антонович...

— Что-с? Я вас... знаете ли... я, признаюсь вам, не так-то хорошо понимаю; вы... знаете, вы объяснитесь подробнее, в каком отношении вы здесь затрудняетесь, — сказал Антон Антонович, сам затрудняясь немножко, видя, что у господина Голядкина даже слезы на глазах выступили.

— Я, право... здесь, Антон Антонович... тут — чиновник, Антон Антонович...

— Ну-с! Всё еще не понимаю.

— Я хочу сказать, Антон Антонович, что здесь есть новопоступивший чиновник.

— Да-с, есть-с; однофамилец ваш.

— Как? — вскрикнул господин Голядкин.

— Я говорю: ваш однофамилец; тоже Голядкин. Не братец ли ваш?

— Нет-с, Антон Антонович, я...

— Гм! скажите, пожалуйста, а мне показалось, что, должно быть, близкий ваш родственник. Знаете ли, есть такое, фамильное в некотором роде, сходство.

Господин Голядкин остолбенел от изумления, и на время у него язык отнялся. Так легко трактовать такую безобразную, невиданную вещь, вещь действительно редкую в своем роде, вещь, которая поразила бы даже самого неинтересованного наблюдателя, говорить о фамильном сходстве тогда, когда тут видно, как в зеркале!

— Я, знаете ли, что посоветую вам, Яков Петрович, — продолжал Антон Антонович. — Вы сходите-ка к доктору да посоветуйтесь с ним. Знаете ли, вы как-то выглядите совсем нездорово. У вас глаза особенно... знаете, особенное какое-то выражение есть.

— Нет-с, Антон Антонович, я, конечно, чувствую... то есть я хочу всё спросить, как же этот чиновник?

— Ну-с?

— То есть вы не замечали ли, Антон Антонович, чего-нибудь в нем особенного... слишком чего-нибудь выразительного?

— То есть?

— То есть я хочу сказать, Антон Антонович, поразительного сходства такого с кем-нибудь, например, то есть со мной, например. Вы вот сейчас, Антон Антонович, сказали про фамильное сходство, замечание вскользь сделали... Знаете ли, этак иногда близнецы бывают, то есть совершенно как две капли воды, так что и отличить нельзя? Ну, вот я про это-с.

— Да-с, — сказал Антон Антонович, немного подумав и как будто в первый раз пораженный таким обстоятельством, — да-с! справедливо-с. Сходство в самом деле разительное, и вы безошибочно рассудили, так что и действительно можно принять одного за другого, — продолжал он, более и более открывая глаза. — И знаете ли, Яков Петрович, это даже чудесное сходство, фантастическое, как иногда говорится, то есть совершенно, как вы... Вы заметили ли, Яков Петрович? Я даже сам хотел просить у вас объяснения, да, признаюсь, не обратил должного внимания сначала. Чудо, действительно, чудо! А знаете ли, Яков Петрович, вы ведь не здешний родом, я говорю?

— Нет-с.

— Он также ведь не из здешних. Может быть, из одних с вами мест. Ваша матушка, смею спросить, где большею частию проживала?

— Вы сказали... вы сказали, Антон Антонович, что он не из здешних?

— Да-с, не из здешних мест. А и в самом деле, как же это чудно, — продолжал словоохотливый Антон Антонович, которому поболтать о чем-нибудь было истинным праздником, — действительно способно завлечь любопытство; и ведь как часто мимо пройдешь, заденешь, толкнешь его, а не заметишь. Впрочем, вы не смущайтесь. Это бывает. Это, знаете ли, — вот я вам расскажу, — то же самое случилось с моей тетушкой с матерней стороны; она тоже перед смертию себя вдвойне видела...

— Нет-с, я, — извините, что прерываю вас, Антон Антонович, — я, Антон Антонович, хотел бы узнать, как же этот чиновник, то есть на каком он здесь основании?

— А на место Семена Ивановича покойника, на вакантное место; вакансия открылась, так вот и заместили. Ведь вот, право, сердечный этот Семен-то Иванович покойник троих детей, говорят, оставил — мал мала меньше. Вдова падала к ногам его превосходительства. Говорят, впрочем, она таит: у ней есть деньжонки, да она их таит...

— Нет-с, я, Антон Антонович, я вот всё о том обстоятельстве.

— То есть? Ну, да! да что же вы-то так интересуетесь этим? Говорю вам: вы не смущайтесь. Это всё временное отчасти. Что

ж? ведь вы сторона; это уж так сам господь бог устроил, это уж
его воля была, и роптать на это грешно. На этом его
премудрость видна. А вы же тут, Яков Петрович, сколько я
понимаю, не виноваты нисколько. Мало ли чудес есть на свете!
Мать-природа щедра; а с вас за это ответа не спросят, отвечать
за это не будете. Ведь вот, для примера, кстати сказать,
слыхали, надеюсь, как их, как бишь их там, да, сиамские
близнецы, срослись себе спинами, так и живут, и едят, и спят
вместе; деньги, говорят большие берут.

— Позвольте, Антон Антонович...

— Понимаю вас, понимаю! Да! ну да что ж? — ничего! Я
говорю, по крайнему моему разумению, что смущаться тут
нечего. Что ж? он чиновник как чиновник; кажется, что
деловой человек. Говорит, что Голядкин; не из здешних мест,
говорит, титулярный советник. Лично с его
превосходительством объяснялся.

— А ну, как же-с?

— Ничего-с; говорят, что достаточно объяснился, резоны
представил; говорит, что вот, дескать, так и так, ваше
превосходительство, и что нет состояния, а желаю служить и
особенно под вашим лестным начальством... ну, и там всё, что
следует, знаете ли, ловко всё выразил. Умный человек, должно
быть. Ну, разумеется, явился с рекомендацией; без нее ведь
нельзя...

— Ну-с, от кого же-с... то есть я хочу сказать, кто тут именно
в это срамное дело руку свою замешал?

— Да-с. Хорошая, говорят, рекомендация; его
превосходительство, говорят, посмеялись с Андреем
Филипповичем.

— Посмеялись с Андреем Филипповичем?

— Да-с; только так улыбнулись и сказали, что хорошо, и
пожалуй, и что они с их стороны не прочь, только бы верно
служил...

— Ну-с, дальше-с. Вы меня оживляете отчасти, Антон
Антонович; умоляю вас — дальше-с.

— Позвольте, я опять что-то вас... Ну-с, да-с; ну, и ничего-с;
обстоятельство немудреное; вы, я вам говорю, не смущайтесь, и
сумнительного в этом нечего находить...

— Нет-с. Я, то есть, хочу спросить вас, Антон Антонович,
что, его превосходительство ничего больше не прибавили...
насчет меня, например?

— То есть как же-с! Да-с! Ну, нет, ничего; можете быть
совершенно спокойны. Знаете, оно, конечно, разумеется,
обстоятельство довольно разительное и сначала... да вот я,

например, сначала я и не заметил почти. Не знаю, право, отчего не заметил до тех пор, покамест вы не напомнили. Но, впрочем, можете быть совершенно спокойны. Ничего особенного, ровно ничего не сказали, — прибавил добренький Антон Антонович, вставая со стула.

— Так вот-с я, Антон Антонович...

— Ах, вы меня извините-с. Я и так о пустяках проболтал, а вот дело есть важное, спешное. Нужно вот справиться.

— Антон Антонович! — раздался учтиво-призывный голос Андрея Филипповича, — его превосходительство спрашивал.

— Сейчас, сейчас, Андрей Филиппович, сейчас иду-с. — И Антон Антонович, взяв в руки кучку бумаг, полетел сначала к Андрею Филипповичу, а потом в кабинет его превосходительства.

"Так как же это? — думал про себя господин Голядкин, — так вот у нас игра какова! Так вот у нас какой ветерок теперь подувает... Это недурно; это, стало быть, наиприятнейший оборот дела приняли, — говорил про себя герой наш, потирая руки и не слыша под собою стула от радости. — Так дело-то наше обыкновенное дело. Так всё пустячками кончается, ничем разрешается. В самом деле, никто ничего, и не пикнут, разбойники, сидят и делами занимаются; славно, славно! я доброго человека люблю, любил и всегда готов уважать... Впрочем, ведь оно и того, как подумать, этот Антон-от Антонович... доверяться-то страшно: сед чересчур и от старости покачнулся порядком. Самое, впрочем, славное и громадное дело то, что его превосходительство ничего не сказали и так пропустили: оно хорошо! одобряю! Только Андрей-то Филиппович чего ж тут с своими смешками мешается? Ему-то тут что? Старая петля! всегда на пути моем, всегда черной кошкой норовит перебежать человеку дорогу, всегда-то поперек да в пику человеку; человеку-то в пику да поперек..."

Господин Голядкин опять оглянулся кругом и опять оживился надеждой. Чувствовал он, впрочем, что его все-таки смущает одна отдаленная мысль, какая-то недобрая мысль. Ему даже пришло было в голову самому как-нибудь подбиться к чиновникам, забежать вперед зайцем, даже (там как-нибудь при выходе из должности или подойдя как будто бы за делами), между разговором, и намекнуть, что вот, дескать, господа, так и так, вот такое-то сходство разительное, обстоятельство странное, комедия пасквильная — то есть подтрунить самому над всем этим да и сондировать таким образом глубину опасности. "А то ведь в тихом-то омуте черти водятся", — мысленно заключил наш герой. Впрочем, господин

Голядкин это только подумал; зато одумался вовремя. Понял он, что это значит махнуть далеко. "Натура-то твоя такова! — сказал он про себя, щелкнув себя легонько по лбу рукою, — сейчас заиграешь, обрадовался! душа ты правдивая! Нет, уж лучше мы с тобой потерпим, Яков Петрович, подождем да потерпим!" Тем не менее, и как мы уже упомянули, господин Голядкин возродился полной надеждой, точно из мертвых воскрес. "Ничего, — думал он, — словно пятьсот пудов с груди сорвалось! Ведь вот обстоятельство! А ларчик-то просто ведь открывался. Крылов-то и прав, Крылов-то и прав... дока, петля этот Крылов и баснописец великий! А что до того, так пусть его служит, пусть его служит себе на здоровье, лишь бы никому не мешал и никого не затрогивал; пусть его служит, — согласен и аппробую!"

А между тем часы проходили, летели, и незаметно стукнуло четыре часа. Присутствие закрылось; Андрей Филиппович взялся за шляпу, и, как водится, все последовали его примеру. Господин Голядкин помедлил немножко, нужное время, и вышел нарочно позже всех, самым последним, когда уже все разбрелись по разным дорогам. Вышед на улицу, он почувствовал себя точно в раю, так, что даже ощутил желание хоть и крюку дать, а пройтись по Невскому. "Ведь вот судьба! — говорил наш герой, — неожиданный переворот всего дела. И погодка-то разгулялась, и морозец, и саночки. А мороз-то годится русскому человеку, славно уживается с морозом русский человек. Я люблю русского человека. И снежочек и первая пороша, как сказал бы охотник; вот бы тут зайца по первой пороше! Эхма! да ну, ничего!"

Так-то выражался восторг господина Голядкина, а между тем что-то всё еще щекотало у него в голове, тоска не тоска, — а порой так сердце насасывало, что господин Голядкин не знал, чем утешить себя. "Впрочем, подождем-ка мы дня и тогда будем радоваться. А впрочем, ведь что же такое? Ну, рассудим, посмотрим. Ну, давай рассуждать, молодой друг мой, ну, давай рассуждать. Ну, такой же, как и ты, человек, во-первых, совершенно такой же. Ну, да что ж тут такого? Коли такой человек, так мне и плакать? Мне-то что? Я в стороне; свищу себе, да и только! На то пошел, да и только! Пусть его служит! Ну, чудо и странность, там говорят, что сиамские близнецы... Ну, да зачем их, сиамских-то? положим, они близнецы, но ведь и великие люди подчас чудаками смотрели. Даже из истории известно, что знаменитый Суворов пел петухом... Ну, да он там это всё из политики; и великие полководцы... да, впрочем, что ж полководцы? А вот я сам по себе, да и только, и знать никого не хочу, и в невинности моей врага презираю. Не интригант, и этим горжусь. Чист, прямодушен, опрятен, приятен, незлобив..."

Вдруг господин Голядкин умолк, осекся и как лист задрожал, даже закрыл глаза на мгновение. Надеясь, впрочем, что предмет его страха просто иллюзия, открыл он наконец глаза и робко покосился направо. Нет, не иллюзия!.. Рядом с ним семенил утренний знакомец его, улыбался, заглядывал ему в лицо и, казалось, ждал случая начать разговор. Разговор, впрочем, не начинался. Оба они прошли шагов пятьдесят таким образом. Всё старание господина Голядкина было как можно плотнее закутаться, зарыться в шинель и нахлобучить на глаза шляпу до последней возможности. К довершению обиды даже и шинель и шляпа его приятеля были точно такие же, как будто сейчас с плеча господина Голядкина.

— Милостивый государь, — произнес наконец наш герой, стараясь говорить почти шепотом и не глядя на своего приятеля, — мы, кажется, идем по разным дорогам... Я даже уверен в этом, — сказал он, помолчав немножко. — Наконец, я уверен, что вы меня поняли совершенно, — довольно строго прибавил он в заключение.

— Я бы желал, — проговорил наконец приятель господина Голядкина, — я бы желал... вы, вероятно, великодушно извините меня... я не знаю, к кому обратиться здесь... мои обстоятельства, — я надеюсь, что вы извините мне мою дерзость, — мне даже показалось, что вы, движимые состраданием, принимали во мне сегодня утром участие. С своей стороны, я с первого взгляда почувствовал к вам влечение, я... — Тут господин Голядкин мысленно пожелал своему новому сослуживцу провалиться сквозь землю. — Если бы я смел надеяться, что вы, Яков Петрович, меня снисходительно изволите выслушать...

— Мы — мы здесь — мы... лучше пойдемте ко мне, — отвечал господин Голядкин, — мы теперь перейдем на ту сторону Невского, там нам будет удобнее с вами, а потом переулочком... мы лучше возьмем переулочком.

— Хорошо-с. Пожалуй, возьмем переулочком-с, — робко сказал смиренный спутник господина Голядкина, как будто намекая тоном ответа, что где ему разбирать и что, в его положении, он и переулочком готов удовольствоваться. Что же касается до господина Голядкина, то он совершенно не понимал, что с ним делалось. Он не верил себе. Он еще не опомнился от своего изумления.

Глава VII

Опомнился он немного на лестнице, при входе в квартиру свою. "Ах я баран-голова! — ругнул он себя мысленно, — ну, куда ж я веду его? Сам я голову в петлю кладу. Что же подумает Петрушка, увидя нас вместе? Что этот мерзавец теперь подумать осмелится? а он подозрителен..." Но уже поздно было раскаиваться; господин Голядкин постучался, дверь отворилась, и Петрушка начал снимать шинели с гостя и барина. Господин Голядкин посмотрел вскользь, так только бросил мельком взгляд на Петрушку, стараясь проникнуть в его физиономию и разгадать его мысли. Но, к величайшему своему удивлению, увидел он, что служитель его и не думает удивляться и даже, напротив, словно ждал чего-то подобного. Конечно, он и теперь смотрел волком, косил на сторону и как будто кого-то съесть собирался. "Уж не околдовал ли их кто всех сегодня, — думал герой наш, — бес какой-нибудь обежал! Непременно что-нибудь особенное должно быть во всем народе сегодня. Черт возьми, экая мука какая!" Вот всё-то таким образом думая и раздумывая, господин Голядкин ввел гостя к себе в комнату и пригласил покорно садиться. Гость был в крайнем, по-видимому, замешательстве, очень робел, покорно следил за всеми движениями своего хозяина, ловил его взгляды и по ним, казалось, старался угадать его мысли. Что-то униженное, забитое и запуганное выражалось во всех жестах его, так что он, если позволят сравнение, довольно походил в эту минуту на того человека, который, за неимением своего платья, оделся в чужое: рукава лезут наверх, талия почти на затылке, а он то поминутно оправляет на себе короткий жилетишко, то виляет бочком и сторонится, то норовит куда-нибудь спрятаться, то заглядывает всем в глаза и прислушивается, не говорят ли чего люди о его обстоятельствах, не смеются ли над ним, не стыдятся ли его, — и краснеет человек, и теряется человек, и страдает амбиция... Господин Голядкин поставил свою шляпу на окно; от неосторожного движения шляпа его слетела на пол. Гость тотчас же бросился ее поднимать, счистил всю пыль, бережно поставил на прежнее место, а свою на полу, возле стула, на краюшке которого смиренно сам поместился. Это маленькое обстоятельство открыло отчасти глаза господину Голядкину; понял он, что нужда в нем великая, и потому не стал более затрудняться, как начать с своим гостем, предоставив это всё, как и следовало, ему самому. Гость же, с своей стороны, тоже не начинал ничего, робел ли, стыдился ли немножко, или из учтивости ждал начина хозяйского, — неизвестно, разобрать было трудно. В это время вошел Петрушка, остановился в дверях и уставился глазами в сторону, совершенно противоположную той, в которой помещались и гость и барин его.

— Обеда две порции прикажете брать? — проговорил он небрежно и сиповатым голосом.

— Я, я не знаю... вы — да, возьми, брат, две порции.

Петрушка ушел. Господин Голядкин взглянул на своего гостя. Гость его покраснел до ушей. Господин Голядкин был добрый человек и потому, по доброте души своей, тотчас же составил теорию: "Бедный человек, — думал он, — да и на месте-то всего один день; в свое время пострадал, вероятно; может быть, только и добра-то, что приличное платьишко, а самому и пообедать-то нечем. Эк его, какой он забитый! Ну, ничего; это отчасти и лучше..."

— Извините меня, что я, — начал господин Голядкин, — впрочем, позвольте узнать, как мне звать вас?

— Я... Я... Яков Петровичем, — почти прошептал гость его, словно совестясь и стыдясь, словно прощения прося в том, что и его зовут тоже Яковом Петровичем.

— Яков Петрович! — повторил наш герой, не в силах будучи скрыть своего смущения.

— Да-с, точно так-с... Тезка вам-с, — отвечал смиренный гость господина Голядкина, осмеливаясь улыбнуться и сказать что-нибудь пошутливее. Но тут же и оселся назад, приняв вид самый серьезный и немного, впрочем, смущенный, замечая, что хозяину его теперь не до шуточек.

— Вы... позвольте же вас спросить, по какому случаю имею я честь...

— Зная ваше великодушие и добродетели ваши, — быстро, но робким голосом прервал его гость, немного приподымаясь со стула, — осмелился я обратиться к вам и просить вашего... знакомства и покровительства... — заключил его гость, очевидно затрудняясь в своих выражениях и выбирая слова не слишком льстивые и унизительные, чтоб не скомпрометировать себя в отношении амбиции, но и не слишком смелые, отзывающиеся неприличным равенством. Вообще можно сказать, что гость господина Голядкина вел себя как благородный нищий в заштопанном фраке и с благородным паспортом в кармане, не напрактиковавшийся еще как следует протягивать руку.

— Вы смущаете меня, — отвечал господин Голядкин, оглядывая себя, свои стены и гостя, — чем же я мог бы... я, то есть, хочу сказать, в каком именно отношении могу я вам услужить в чем-нибудь?

— Я, Яков Петрович, почувствовал к вам влечение с первого взгляда и, простите меня великодушно, на вас понадеялся, — осмелился понадеяться, Яков Петрович. Я... я человек здесь затерянный, Яков Петрович, бедный, пострадал весьма много, Яков Петрович, и здесь еще внове. Узнав, что вы, при обыкновенных, врожденных вам качествах вашей прекрасной души, однофамилец мой...

Господин Голядкин поморщился.

— Однофамилец мой и родом из одних со мной мест, решился я обратиться к вам и изложить вам затруднительное мое положение.

— Хорошо-с, хорошо-с; право, я не знаю, что вам сказать, — отвечал смущенным голосом господин Голядкин, — вот, после обеда, мы потолкуем...

Гость поклонился; обед принесли. Петрушка собрал на стол — и гость вместе с хозяином принялись насыщать себя. Обед продолжался недолго; оба они торопились — хозяин потому, что был не в обыкновенной тарелке своей, да к тому же и совестился, что обед был дурной, — совестился же отчасти оттого, что хотелось гостя хорошо покормить, а частию оттого, что хотелось показать, что он не как нищий живет. С своей стороны, гость был в крайнем смущении и крайне конфузился. Взяв один раз хлеба и съев свой ломоть, он уже боялся протягивать руку к другому ломтю, совестился брать кусочки получше и поминутно уверял, что он вовсе не голоден, что обед был прекрасный и что он, с своей стороны, совершенно доволен и по гроб будет чувствовать. Когда еда кончилась, господин Голядкин закурил свою трубочку, предложил другую, заведенную для приятеля, гостю, — оба уселись друг против друга, и гость начал рассказывать свои приключения.

Рассказ господина Голядкина-младшего продолжался часа три или четыре. История приключений его была, впрочем, составлена из самых пустейших, из самых мизернейших, если можно сказать, обстоятельств. Дело шло о службе где-то в палате в губернии, о прокурорах и председателях, о кое-каких канцелярских интригах, о разврате души одного из повытчиков, о ревизоре, о внезапной перемене начальства, о том, как господин Голядкин-второй пострадал совершенно безвинно; о престарелой тетушке его, Пелагее Семеновне; о том, как он, по разным интригам врагов своих, места лишился и пешком пришел в Петербург; о том, как он маялся и горе мыкал здесь, в Петербурге, как бесплодно долгое время места искал, прожился, исхарчился, жил чуть не на улице, ел черствый хлеб и запивал его слезами своими, спал на голом полу и, наконец, как кто-то из добрых людей взялся хлопотать о нем, рекомендовал и великодушно к новому месту пристроил. Гость господина Голядкина плакал, рассказывая, и утирал слезы синим клетчатым платком, весьма походившим на клеенку. Заключил же он тем, что открылся вполне господину Голядкину и признался, что ему не только нечем покамест жить и прилично устроиться, но и обмундироваться-то как следует не на что; что вот, включил он, даже на сапожишки не мог сколотиться и что вицмундир взят им у кого-то на подержание на малое время.

Господин Голядкин был в умилении, был истинно тронут. Впрочем, и даже несмотря на то что история его гостя была самая пустая история, все слова этой истории ложились на сердце его, словно манна небесная. Дело в том, что господин Голядкин забывал последние сомнения свои, разрешил свое сердце на свободу и радость и, наконец, мысленно сам себя пожаловал в дураки. Всё было так натурально! И было от чего сокрушаться, бить такую тревогу! Ну, есть, действительно есть одно щекотливое обстоятельство, — да ведь оно не беда: оно не может замарать человека, амбицию его запятнать и карьеру его загубить, когда не виноват человек, когда сама природа сюда замешалась. К тому же гость просил покровительства, гость плакал, гость судьбу обвинял, казался таким незатейливым, без злобы и хитростей, жалким, ничтожным и, кажется, сам теперь совестился, хотя, может быть, и в другом отношении, странным сходством лица своего с хозяйским лицом. Вел он себя донельзя благонадежно, так и смотрел угодить своему хозяину и смотрел так, как смотрит человек, который терзается угрызениями совести и чувствует, что виноват перед другим человеком. Заходила ли, например, речь о каком-нибудь сомнительном пункте, гость тотчас же соглашался с мнением господина Голядкина. Если же как-нибудь, по ошибке, заходил мнением своим в контру господину Голядкину и потом замечал, что сбился с дороги, то тотчас же поправлял свою речь, объяснялся и давал немедленно знать, что он всё разумеет точно таким же образом, как хозяин его, мыслит так же, как он, и смотрит на всё совершенно такими же глазами, как и он. Одним словом, гость употреблял всевозможные усилия "найти" в господине Голядкине, так что господин Голядкин решил наконец, что гость его должен быть весьма любезный человек во всех отношениях. Между прочим, подали чай; час был девятый. Господин Голядкин чувствовал себя в прекрасном расположении духа, развеселился, разыгрался, расходился понемножку и пустился наконец в самый живой и занимательный разговор с своим гостем. Господин Голядкин, под веселую руку, любил иногда рассказать что-нибудь интересное. Так и теперь: рассказал гостю много о столице, об увеселениях и красотах ее, о театре, о клубах, о картине Брюллова; о том, как два англичанина приехали нарочно из Англии в Петербург, чтоб посмотреть на решетку Летнего сада, и тотчас уехали; о службе, об Олсуфье Ивановиче и об Андрее Филипповиче; о том, что Россия с часу на час идет к совершенству и что тут Словесные науки днесь цветут; об анекдотце, прочитанном недавно в "Северной пчеле", и что в Индии есть змея удав необыкновенной силы; наконец, о бароне Брамбеусе и т. д. и т. д. Словом, господин Голядкин вполне был доволен, во-первых, потому, что был совершенно спокоен; во-вторых, что не только не боялся врагов своих, но даже готов был теперь всех их вызвать на самый решительный бой; в-третьих, что сам своею особою оказывал покровительство и, наконец, делал доброе дело. Сознавался он, впрочем, в душе своей, что еще не совсем счастлив в эту минуту, что сидит в нем еще один червячок, самый маленький впрочем, и точит даже и теперь его сердце. Мучило крайне его воспоминание о вчерашнем вечере у Олсуфья Ивановича. Много бы дал он теперь, если б не было кой-чего из того, что было вчера. "Впрочем, ведь оно ничего!" — заключил наконец наш герой и решился твердо в душе вести себя вперед хорошо и не впадать в подобные промахи. Так как господин Голядкин теперь расходился вполне и стал вдруг почти совершенно счастлив, то вздумалось ему даже и пожуировать жизнию. Принесен был Петрушкою ром, и составился пунш. Гость и хозяин осушили по стакану и по два. Гость оказался еще любезнее прежнего и с своей стороны показал не одно доказательство прямодушия и счастливого характера своего, сильно входил в удовольствие господина Голядкина, казалось, радовался только одною его радостью и смотрел на него, как на истинного и единственного своего благодетеля. Взяв перо и листочек бумажки, он попросил господина Голядкина не смотреть на то, что он будет писать, и потом, когда кончил, сам показал хозяину своему всё написанное. Оказалось, что это было четверостишие, написанное довольно чувствительно, впрочем прекрасным слогом и почерком, и, как видно, сочинение самого любезного гостя. Стишки были следующие:

Если ты меня забудешь,
Не забуду я тебя;
В жизни может всё случиться,
Не забудь и ты меня!

Со слезами на глазах обнял своего гостя господин Голядкин и, расчувствовавшись наконец вполне, сам посвятил своего гостя в некоторые секреты и тайны свои, причем речь сильно напиралась на Андрея Филипповича и на Клару Олсуфьевну. "Ну, да ведь мы с тобой, Яков Петрович, сойдемся, — говорил наш герой своему гостю, — мы с тобой, Яков Петрович, будем жить, как рыба с водой, как братья родные; мы, дружище, будем хитрить, заодно хитрить будем; с своей стороны будем интригу вести в пику им... в пику-то им интригу вести. А им-то ты никому не вверяйся. Ведь я тебя знаю, Яков Петрович, и характер твой понимаю; ведь ты как раз всё расскажешь, душа ты правдивая! Ты, брат, сторонись от них всех". Гость вполне соглашался, благодарил господина Голядкина и тоже наконец прослезился. "Ты, знаешь ли, Яша, — продолжал господин Голядкин дрожащим, расслабленным голосом, — ты, Яша, поселись у меня на время или навсегда поселись. Мы сойдемся. Что, брат, тебе, а? А ты не смущайся и не ропщи на то, что вот между нами такое странное теперь обстоятельство: роптать, брат, грешно; это природа! А мать-природа щедра, вот что, брат Яша! Любя тебя, братски любя тебя, говорю. А мы с тобой, Яша, будем хитрить и с своей стороны подкопы вести и носы им утрем". Пунш, наконец, дошел до третьих и четвертых стаканов на брата, и тогда господин Голядкин стал испытывать два ощущения: одно то, что необыкновенно счастлив, а другое — что уже не может стоять на ногах. Гость, разумеется, был приглашен ночевать. Кровать была кое-как составлена из двух рядов стульев. Господин Голядкин-младший объявил, что под дружеским кровом мягко спать и на голом полу, что, с своей стороны, он заснет, где придется, с покорностью и признательностью; что теперь он в раю и что, наконец, он много перенес на своем веку несчастий и горя, на всё посмотрел, всего перетерпел, и — кто знает будущность? — может быть, еще перетерпит. Господин Голядкин-старший протестовал против этого и начал доказывать, что нужно возложить всю надежду на бога. Гость вполне соглашался и говорил, что, разумеется, никто таков, как бог. Тут господин Голядкин-старший заметил, что турки правы в некотором отношении, призывая даже во сне имя божие. Потом, не соглашаясь, впрочем, с иными учеными в иных клеветах, взводимых на турецкого пророка Мухаммеда, и признавая его в своем роде великим политиком, господин Голядкин перешел к весьма интересному описанию алжирской цирюльни, о которой читал в какой-то книжке в смеси. Гость и хозяин много смеялись над простодушием турков; впрочем, не могли не отдать должной дани удивления их фанатизму, возбуждаемому опиумом... Гость стал наконец раздеваться, а господин Голядкин вышел за перегородку, частию по доброте души, что, может быть, дескать, у него и рубашки-то порядочной нет, так чтоб не сконфузить и без того уже пострадавшего человека, а частию для того, чтоб увериться по возможности в Петрушке, испытать его, развеселить, если можно, и приласкать человека, чтоб уж все были счастливы и чтоб не оставалось на столе просыпанной соли. Нужно заметить, что Петрушка всё еще немного смущал господина Голядкина.

— Ты, Петр, ложись теперь спать, — кротко сказал господин Голядкин, входя в отделение своего служителя, — ты теперь ложись спать, а завтра в восемь часов ты меня и разбуди. Понимаешь, Петруша?

Господин Голядкин говорил необыкновенно мягко и ласково. Но Петрушка молчал. Он в это время возился около своей кровати и даже не обернулся к своему барину, что бы должен был сделать, впрочем, из одного к нему уважения.

— Ты, Петр, меня слышал? — продолжал господин Голядкин. — Ты вот теперь ложись спать, а завтра, Петруша, ты и разбуди меня в восемь часов; понимаешь?

— Да уж помню, уж что тут! — проворчал себе под нос Петрушка.

— Ну, то-то, Петруша; я это только так говорю, чтоб и ты был спокоен и счастлив. Вот мы теперь все счастливы, так чтоб и ты был спокоен и счастлив. А теперь спокойной ночи желаю тебе. Усни, Петруша, усни; мы все трудиться должны... Ты, брат, знаешь, не думай чего-нибудь...

Господин Голядкин начал было, да и остановился. "Не слишком ли будет, — подумал он, — не далеко ли я замахнул? Так-то всегда; всегда-то я пересыплю". Герой наш вышел от Петрушки весьма недовольный собою. К тому же грубостью и неподатливостью Петрушки он немного обиделся. "С шельмецом заигрывают, шельмецу барин честь делает, а он не чувствует, — подумал господин Голядкин. — Впрочем, такая уж тенденция подлая у всего этого рода!" Отчасти покачиваясь, воротился он в комнату и, видя, что гость его улегся совсем, присел на минутку к нему на постель. "А ведь признайся, Яша,

— начал он шепотом и курныкая головой, — ведь ты, подлец, предо мной виноват? ведь ты, тезка, знаешь, того..." — продолжал он, довольно фамильярно заигрывая с своим гостем. Наконец, распростившись с ним дружески, господин Голядкин отправился спать. Гость между тем захрапел. Господин Голядкин в свою очередь начал ложиться в постель, а между тем, посмеиваясь, шептал про себя: "Ведь ты пьян сегодня, голубчик мой, Яков Петрович, подлец ты такой, Голядка ты этакой, — фамилья твоя такова!! Ну, чему ты обрадовался? Ведь завтра расплачешься, нюня ты этакая: что мне делать с тобой!" Тут довольно странное ощущение отозвалось во всем существе господина Голядкина, что-то похожее на сомнение или раскаяние. "Расходился ж я, — думал он, — ведь вот теперь шумит в голове и я пьян; и не удержался, дурачина ты этакая! и вздору с три короба намолол да еще хитрить, подлец, собирался. Конечно, прощение и забвение обид есть первейшая добродетель, но всё ж оно плохо! вот оно как!" Тут господин Голядкин привстал, взял свечу и на цыпочках еще раз пошел взглянуть на спящего своего гостя. Долго стоял он над ним в глубоком раздумье. "Картина неприятная! пасквиль, чистейший пасквиль, да и дело с концом!"

Наконец господин Голядкин улегся совсем. В голове у него шумело, трещало, звонило. Он стал забываться-забываться... силился было о чем-то думать, вспомнить что-то такое весьма интересное, разрешить что-то такое весьма важное, какое-то щекотливое дело, — но не мог. Сон налетел на его победную голову, и он заснул так, как обыкновенно спят люди, с непривычки употребившие вдруг пять стаканов пунша на какой-нибудь дружеской вечеринке.

Глава VIII

Как обыкновенно, на другой день господин Голядкин проснулся в восемь часов; проснувшись же, тотчас припомнил все происшествия вчерашнего вечера, — припомнил и поморщился. "Эк я разыгрался вчера каким дураком!" — подумал он, приподымаясь с постели и взглянув на постель своего гостя. Но каково же было его удивление, когда не только гостя, но даже и постели, на которой спал гость, не было в комнате! "Что ж это такое? — чуть не вскрикнул господин Голядкин, — что ж бы это было такое? Что же означает теперь это новое обстоятельство?" Покамест господин Голядкин, недоумевая, с раскрытым ртом смотрел на опустелое место, скрипнула дверь, и Петрушка потел с чайным подносом. "Где же, где же?" — проговорил чуть слышным голосом наш герой, указывая пальцем на вчерашнее место, отведенное гостю. Петрушка сначала не отвечал ничего, даже не посмотрел на своего барина, а поворотил свои глаза в угол направо, так что господин Голядкин сам принужден был взглянуть в угол направо. Впрочем, после некоторого молчания Петрушка сиповатым и грубым голосом ответил, "что барина дома нет".

— Дурак ты; да ведь я твой барин, Петрушка, — проговорил господин Голядкин прерывистым голосом и во все глаза смотря на своего служителя.

Петрушка ничего не отвечал, но посмотрел так на господина Голядкина, что тот покраснел до ушей, — посмотрел с какою-то оскорбительною укоризною, похожею на чистую брань. Господин Голядкин и руки опустил, как говорится. Наконец Петрушка объявил, что другой уж часа с полтора как ушел и не хотел дожидаться. Конечно, ответ был вероятен и правдоподобен; видно было, что Петрушка не лгал, что оскорбительный взгляд его и слово другой, употребленное им, были лишь следствием всего известного гнусного обстоятельства; но все-таки он понимал, хоть и смутно, что тут что-нибудь да не так и что судьба готовит ему еще какой-то гостинец, не совсем-то приятный. "Хорошо, мы посмотрим, — думал он про себя, — мы увидим, мы своевременно раскусим всё это... Ах ты, господи боже мой! — простонал он в заключение уже совсем другим голосом, — и зачем я это приглашал его, на какой конец я всё это делал? ведь истинно сам голову сую в петлю их воровскую, сам эту петлю свиваю. Ах ты голова, голова! ведь и утерпеть-то не можешь ты, чтоб не провраться, как мальчишка какой-нибудь, канцелярист какой-нибудь, как бесчиновная дрянь какая-нибудь, тряпка, ветошка гнилая какая-нибудь, сплетник ты этакой, баба ты этакая!.. Святые вы мои! И стишки, шельмец, написал и в любви ко мне изъяснился! Как бы этак, того... Как бы ему, шельмецу, приличнее на дверь указать, коли воротится? Разумеется, много есть разных оборотов и способов. Так и так, дескать, при моем ограниченном жалованье... Или там припугнуть его как-нибудь, что, дескать, взяв в соображение вот то-то и то-то, принужден изъясниться... дескать, нужно в половине платить за квартиру и стол и деньги вперед отдавать. Гм! нет, черт возьми, нет! Это меня замарает. Оно не совсем деликатно! Разве как-нибудь там вот этак бы сделать: взять бы да и надоумить Петрушку, чтоб Петрушка ему насолил как-нибудь, неглижировал бы с ним как-нибудь, сгрубил ему, да и выжить его таким образом? Стравить бы их этак вместе... Нет, черт возьми, нет! Это опасно, да и опять, если с этакой точки зренья смотреть — ну, да вовсе нехорошо! Совсем нехорошо! А ну, если он не придет? и это плохо будет? проврался я ему вчера вечером!.. Эх, плохо, плохо! Эх, дело-то наше как плоховато! Ах я голова, голова окаянная! взубрить-то ты чего следует не можешь себе, резону-то вгвоздить туда не можешь себе! Ну, как он придет и откажется? А дай-то господи, если б пришел! Весьма был бы рад я, если б пришел он; много бы дал я, если б пришел..." Так рассуждал господин Голядкин, глотая свой чай и беспрестанно поглядывая на стенные часы. "Без четверти девять теперь; ведь вот уж пора идти. А что-то будет такое; что-то тут будет? Желал бы я знать, что здесь именно особенного такого скрывается, — этак цель, направление и разные там закавыки. Хорошо бы узнать, на что именно метят все эти народы и каков-то будет их первый шаг..." Господин Голядкин не мог долее вытерпеть, бросил недокуренную трубку, оделся и пустился на службу, желая накрыть, если можно, опасность и во всем удостовериться своим личным присутствием. А опасность была: это уж он сам знал, что опасность была. "А вот мы ее... и раскусим, — говорил господин Голядкин, снимая шинель и калоши в передней, — вот мы и проникнем сейчас во все эти дела". Решившись, таким образом, действовать, герой наш оправился, принял вид приличный и форменный и только что хотел было проникнуть в соседнюю комнату, как вдруг, в самых дверях, столкнулся с ним вчерашний знакомец, друг и приятель его. Господин Голядкин-младший, кажется, не замечал господина Голядкина-старшего, хотя и сошелся с ним почти носом к носу. Господин Голядкин-младший был, кажется, занят, куда-то спешил, запыхался; вид имел такой официальный, такой деловой, что, казалось, всякий мог прямо прочесть на лице его — "командирован по особому поручению..."

— Ах, это вы, Яков Петрович! — сказал наш герой, хватая своего вчерашнего гостя за руку.

— После, после, извините меня, расскажете после, — закричал господин Голядкин-младший, порываясь вперед.

— Однако позвольте; вы, кажется, хотели, Яков Петрович, того-с...

— Что-с? Объясните скорее-с. —Тут вчерашний гость господина Голядкина остановился как бы через силу и нехотя и подставил ухо свое прямо к носу господина Голядкина.

— Я вам скажу, Яков Петрович, что я удивляюсь приему... приему, какого вовсе, по-видимому, не мог бы я ожидать.

— На всё есть известная форма-с. Явитесь к секретарю его превосходительства и потом отнеситесь, как следует, к господину правителю канцелярии. Просьба есть?..

— Вы, я не знаю, Яков Петрович! вы меня просто изумляете, Яков Петрович! вы, верно, не узнаете меня или шутите, по врожденной веселости характера вашего.

— А, это вы! — сказал господин Голядкин-младший, как будто только что сейчас разглядев господина Голядкина-старшего, — так это вы? Ну, что ж, хорошо ли вы почивали? — Тут господин Голядкин-младший, улыбнувшись немного, — официально и форменно улыбнувшись, хотя вовсе не так, как бы следовало (потому что ведь во всяком случае он одолжен же был благодарностью господину Голядкину-старшему), — итак, улыбнувшись официально и форменно, прибавил, что он с своей стороны весьма рад, что господин Голядкин хорошо почивал; потом наклонился немного, посеменил немного на месте, поглядел направо, налево, потом опустил глаза в землю, нацелился в боковую дверь и, прошептав скороговоркой, что он по особому поручению, юркнул в соседнюю комнату. Только его и видели.

— Вот-те и штука!.. — прошептал наш герой, остолбенев на мгновение, — вот-те и штука! Так вот такое-то здесь обстоятельство!.. — Тут господин Голядкин почувствовал, что у него отчего-то заходили мурашки по телу. — Впрочем, — продолжал он про себя, пробираясь в свое отделение, — впрочем, ведь я уже давно говорил о таком обстоятельстве; я уже давно предчувствовал, что он по особому поручению, —

именно вот вчера говорил, что непременно по чьему-нибудь особому поручению употреблен человек...

— Окончили вы, Яков Петрович, вчерашнюю вашу бумагу? — спросил Антон Антонович Сеточкин усевшегося подле него господина Голядкина. — У вас здесь она?

— Здесь, — прошептал господин Голядкин, смотря на своего столоначальника отчасти с потерявшимся видом.

— То-то-с. Я к тому говорю, что Андрей Филиппович уже два раза спрашивал. Того и гляди, что его превосходительство потребует...

— Нет-с, она кончена-с...

— Ну-с, хорошо-с.

— Я, Антон Антонович, всегда, кажется, исполнял свою должность как следует и радею о порученных мне начальством делах-с, занимаюсь ими рачительно.

— Да-с. Ну-с, что же вы хотите этим сказать-с?

— Я ничего-с, Антон Антонович. Я только, Антон Антонович, хочу объяснить, что я... то есть я хотел выразить, что иногда неблагонамеренность и зависть не щадят никакого лица, ища своей повседневной отвратительной пищи-с...

— Извините, я вас не совсем-то понимаю. То есть на какое лицо вы теперь намекаете?

— То есть я хотел только сказать, Антон Антонович, что я иду прямым путем, а окольным путем ходить презираю, что я не интриган и что сим, если позволено только будет мне выразиться, могу весьма справедливо гордиться...

— Да-с. Это всё так-с, и, по крайнему моему разумению, отдаю полную справедливость рассуждению вашему; но позвольте же и мне вам, Яков Петрович, заметить, что личности в хорошем обществе не совсем позволительны-с; что за глаза я, например, готов снести, —потому что за глаза и кого ж не бранят! — но в глаза, воля ваша, и я, сударь мой, например, себе дерзостей говорить не позволю. Я, сударь мой, поседел на государственной службе и дерзостей на старости лет говорить себе не позволю-с...

— Нет-с, я, Антон Антонович-с, вы, видите ли, Антон Антонович, вы, кажется, Антон Антонович, меня не совсем-то уразумели-с. А я, помилуйте, Антон Антонович, я с своей стороны могу только за честь поставить-с...

— Да уж и нас тоже прошу извинить-с. Учены мы по-старинному-с. А по-вашему, по-новому, учиться нам поздно. На службе отечеству разумения доселе нам, кажется, доставало. У меня, сударь мой, как вы сами знаете, есть знак за двадцатилетнюю беспорочную службу-с...

— Я чувствую, Антон Антонович, я с моей стороны совершенно всё это чувствую-с. Но я не про то-с, я про маску говорил, Антон Антонович-с...

— Про маску-с?

— То есть вы опять... я опасаюсь, что вы и тут примете в другую сторону смысл, то есть смысл речей моих, как вы сами говорите, Антон Антонович. Я только тему развиваю, то есть пропускаю идею, Антон Антонович, что люди, носящие маску, стали не редки-с и что теперь трудно под маской узнать человека-с...

— Ну-с, знаете ли-с, оно не совсем-то и трудно-с. Иногда и довольно легко-с, иногда и искать недалеко нужно ходить-с.

— Нет-с, знаете ли-с, я, Антон Антонович, говорю-с, про себя говорю, что я, например, маску надеваю, лишь когда нужда в ней бывает, то есть единственно для карнавала и веселых собраний, говоря в прямом смысле, но что не маскируюсь перед людьми каждодневно, говоря в другом, более скрытном смысле-с. Вот что я хотел сказать, Антон Антонович-с.

— Ну, да мы покамест оставим всё это, да мне же и некогда-с, — сказал Антон Антонович, привстав с своего места и собирая кой-какие бумаги для доклада его превосходительству. — Дело же ваше, как я полагаю, не замедлит своевременно объясниться. Сами же увидите вы, на кого вам пенять и кого обвинять, а затем прошу вас покорнейше уволить меня от дальнейших частных и вредящих службе объяснений и толков-с...

— Нет-с, я, Антон Антонович, — начал побледневший немного господин Голядкин вслед удаляющемуся Антону Антоновичу, — я, Антон Антонович, того-с, и не думал-с. "Что же это такое? — продолжал уже про себя наш герой, оставшись один. — Что же это за ветры такие здесь подувают и что означает этот новый крючок?" В то самое время, как потерянный и полуубитый герой наш готовился было разрешить этот новый вопрос, в соседней комнате послышался шум, обнаружилось какое-то деловое движение, дверь отворилась, и Андрей Филиппович, только что перед тем отлучившийся по делам в кабинет его превосходительства, запыхавшись, появился в дверях и крикнул господина Голядкина. Зная в чем дело и не желая заставить ждать Андрея Филипповича, господин Голядкин вскочил с своего места и, как следует, немедленно засуетился на чем свет стоит, обготовляя и обхоливая окончательно требуемую тетрадку, да и сам приготовляясь отправиться, вслед за тетрадкой и Андреем

Филипповичем, в кабинет его превосходительства. Вдруг, и почти из-под руки Андрея Филипповича, стоявшего в то время в самых дверях, юркнул в комнату господин Голядкин-младший, суетясь, запыхавшись, загонявшись на службе, с важным решительно-форменным видом, и прямо подкатился к господину Голядкину-старшему, менее всего ожидавшему подобного нападения...

— Бумаги, Яков Петрович, бумаги... его превосходительство изволили спрашивать, готовы ль у вас? — защебетал вполголоса и скороговоркой приятель господина Голядкина-старшего. — Андрей Филиппович вас ожидает...

— Знаю и без вас, что ожидают, — проговорил господин Голядкин-старший тоже скороговоркой и шепотом.

— Нет, я, Яков Петрович, не то; я, Яков Петрович, совсем не то; я сочувствую, Яков Петрович, и подвигнут душевным участием.

— От которого нижайше прошу вас избавить меня. Позвольте, позвольте-с...

— Вы, разумеется, их обернете оберточкой, Яков Петрович, а третью-то страничку вы заложите закладкой, позвольте, Яков Петрович...

— Да позвольте же вы, наконец...

— Но ведь здесь чернильное пятнышко, Яков Петрович, вы заметили ль чернильное пятнышко?..

Тут Андрей Филиппович второй раз кликнул господина Голядкина.

— Сейчас, Андрей Филиппович; я вот только немножко, вот здесь... Милостивый государь, понимаете ли вы русский язык?

— Лучше всего будет ножичком снять, Яков Петрович, вы лучше на меня положитесь: вы лучше не трогайте сами, Яков Петрович, а на меня положитесь, — я же отчасти тут ножичком..

Андрей Филиппович третий раз кликнул господина Голядкина.

— Да, помилуйте, где же тут пятнышко? Ведь, кажется, вовсе нету здесь пятнышка?

— И огромное пятнышко, вот оно! вот, позвольте, я здесь его видел; вот, позвольте... вы только позвольте мне, Яков Петрович, я отчасти здесь ножичком, я из участия, Яков Петрович, и ножичком от чистого сердца... вот так, вот и дело с концом...

Тут, и совсем неожиданно, господин Голядкин-младший, вдруг ни с того ни с сего, осилив господина Голядкина-старшего в мгновенной борьбе, между ними возникшей, и во всяком случае совершенно против воли его, овладел требуемой начальством бумагой и, вместо того чтоб поскоблить ее ножичком от чистого сердца, как вероломно уверял он господина Голядкина-старшего, — быстро свернул ее, сунул под мышку, в два скачка очутился возле Андрея Филипповича, не заметившего ни одной из проделок его, и полетел с ним в директорский кабинет. Господин Голядкин-старший остался как бы прикованным к месту, держа в руках ножичек и как будто приготовляясь что-то скоблить им...

Герой наш еще не совсем понимал свое новое обстоятельство. Он еще не опомнился. Он почувствовал удар, но думал, что это что-нибудь так. В страшной, неописанной тоске сорвался он наконец с места и бросился прямо в директорский кабинет, моля, впрочем, небо дорогою, чтоб это устроилось всё как-нибудь к лучшему и было бы так, ничего... В последней комнате перед директорским кабинетом сбежался он, прямо нос с носом, с Андреем Филипповичем и с однофамильцем своим. Оба они уже возвращались: господин Голядкин посторонился. Андрей Филиппович говорил улыбаясь и весело. Однофамилец господина Голядкина-старшего тоже улыбался, юлил, семенил в почтительном расстоянии от Андрея Филипповича и что-то с восхищенным видом нашептывал ему на ушко, на что Андрей Филиппович самым благосклонным образом кивал головою. Разом понял герой наш всё положение дел. Дело в том, что работа его (как он после узнал) почти превзошла ожидания его превосходительства и поспела действительно к сроку и вовремя. Его превосходительство были крайне довольны. Говорили даже, что его превосходительство сказали спасибо господину Голядкину-младшему, крепкое спасибо; сказали, что вспомнят при случае и никак не забудут... Разумеется, что первым делом господина Голядкина было протестовать, протестовать всеми силами, до последней возможности. Почти не помня себя и бледный как смерть, бросился он к Андрею Филипповичу. Но Андрей Филиппович, услышав, что дело господина Голядкина было частное дело, отказался слушать, решительно замечая, что у него нет ни минуты свободной и для собственных надобностей.

Сухость тона и резкость отказа поразили господина Голядкина. "А вот лучше я как-нибудь с другой стороны... вот я лучше к Антону Антоновичу". К несчастию господина Голядкина, и Антона Антоновича не оказалось в наличности: он тоже где-то был чем-то занят. "А ведь не без намерения просил уволить себя от объяснений и толков! — подумал герой наш. — Вот куда метил — старая петля! В таком случае я просто дерзну умолять его превосходительство".

Всё еще бледный и чувствуя в совершенном разброде всю свою голову, крепко недоумевая, на что именно нужно решиться, присел господин Голядкин на стул. "Гораздо было бы лучше, если б всё это было лишь так только, — беспрерывно думал он про себя. — Действительно, подобное темное дело было даже невероятно совсем. Это, во-первых, и вздор, а во-вторых, и случиться не может. Это, вероятно, как-нибудь там померещилось, или вышло что-нибудь другое, а не то, что действительно было; или, верно, это я сам ходил... и себя как-нибудь там принял совсем за другого... одним словом, это совершенно невозможное дело".

Только что господин Голядкин решил, что это совсем невозможное дело, как вдруг в комнату влетел господин Голядкин-младший с бумагами в обеих руках и под мышкой. Сказав мимоходом какие-то нужные два слова Андрею Филипповичу, перемолвив и еще кое с кем, полюбезничав кое с кем, пофамильярничав кое с кем, господин Голядкин-младший, по-видимому не имевший лишнего времени на бесполезную трату, собирался уже, кажется, выйти из комнаты, но, к счастию господина Голядкина-старшего, остановился в самых дверях и заговорил мимоходом с двумя или тремя случившимися тут же молодыми чиновниками. Господин Голядкин-старший бросился прямо к нему. Только что увидел господин Голядкин-младший маневр господина Голядкина-старшего, тотчас же начал с большим беспокойством осматриваться, куда бы ему поскорей улизнуть. Но герой наш уже держался за рукава своего вчерашнего гостя. Чиновники, окружавшие двух титулярных советников, расступились и с любопытством ожидали, что будет. Старый титулярный советник понимал хорошо, что доброе мнение теперь не на его стороне, понимал хорошо, что под него интригуют: тем более нужно было теперь поддержать себя. Минута была решительная.

— Ну-с? — проговорил господин Голядкин-младший, довольно дерзко смотря на господина Голядкина-старшего.

Господин Голядкин-старший едва дышал.

— Я не знаю, милостивый государь, — начал он, — каким образом вам теперь объяснить странность вашего поведения со мною.

— Ну-с. Продолжайте-с. — Тут господин Голядкин-младший оглянулся кругом и мигнул глазом окружавшим их чиновникам, как бы давая знать, что вот именно сейчас и начнется комедия.

— Дерзость и бесстыдство ваших приемов, милостивый государь мой, со мною в настоящем случае еще более вас обличают... чем все слова мои. Не надейтесь на вашу игру: она плоховата...

— Ну, Яков Петрович, теперь скажите-ка мне, каково-то вы почивали? — отвечал Голядкин-младший, прямо смотря в глаза господину Голядкину-старшему.

— Вы, милостивый государь, забываетесь, — сказал совершенно потерявшийся титулярный советник, едва слыша пол под собою, — я надеюсь, что вы перемените тон...

— Душка мой!! — проговорил господин Голядкин-младший, скорчив довольно неблагопристойную гримасу господину Голядкину-старшему, и вдруг, совсем неожиданно, под видом ласкательства, ухватил его двумя пальцами за довольно пухлую правую щеку. Герой наш вспыхнул как огонь... Только что приятель господина Голядкина-старшего приметил, что противник его, трясясь всеми членами, немой от исступления, красный как рак и, наконец, доведенный до последних границ, может даже решиться "а формальное нападение, то немедленно, и самым бесстыдным образом, предупредил его в свою очередь. Потрепав его еще раза два по щеке, пощекотав его еще раза два, поиграв с ним, неподвижным и обезумевшим от бешенства, еще несколько секунд таким образом, к немалой утехе окружающей их молодежи, господин Голядкин-младший с возмущающим душу бесстыдством щелкнул окончательно господина Голядкина-старшего по крутому брюшку и с самой ядовитой и далеко намекающей улыбкой проговорил ему: "Шалишь, братец, Яков Петрович, шалишь! хитрить мы будем с тобой, Яков Петрович, хитрить". Потом, и прежде чем герой наш успел мало-мальски прийти в себя от последней атаки, господин Голядкин-младший вдруг (предварительно отпустив только улыбочку окружавшим их зрителям) принял на себя вид самый занятой, самый деловой, самый форменный, опустил глаза в землю, съежился, сжался и, быстро проговорив "по особому поручению", лягнул своей коротенькой ножкой и шмыгнул в соседнюю комнату. Герой наш не верил глазам и всё еще был не в состоянии опомниться...

Наконец он опомнился. Сознав в один миг, что погиб, уничтожился в некотором смысле, что замарал себя и запачкал свою репутацию, что осмеян и оплеван в присутствии посторонних лиц, что предательски поруган тем, кого еще вчера считал первейшим и надежнейшим другом своим, что срезался, наконец, на чем свет стоит, — господин Голядкин бросился в погоню за своим неприятелем. В настоящее мгновение он уже и думать не хотел о свидетелях своего поругания. "Это всё в стачке друг с другом, — говорил он сам про себя, — один за другого стоит и один другого на меня натравляет". Однако ж, сделав десять шагов, герой наш ясно увидел, что все преследования остались пустыми и тщетными, и потому воротился. "Не уйдешь, — думал он, — попадешь под сюркуп своевременно, отольются волку овечьи слезы". С яростным хладнокровием и с самою энергическою решимостью дошел господин Голядкин до стула и уселся на нем. "Не уйдешь!" — сказал он опять. Теперь дело шло не о пассивной обороне какой-нибудь: пахнуло решительным, наступательным, и кто видел господина Голядкина в ту минуту, как он, краснея и едва сдерживая волнение свое, кольнул пером в чернильницу и с какой яростью принялся строчить на бумаге, тот мог уже заранее решить, что дело так не пройдет и простым каким-нибудь бабьим образом не может окончиться. В глубине души своей сложил он одно решение и в глубине сердца своего поклялся исполнить его. По правде-то, он еще не совсем хорошо знал, как ему поступить, то есть, лучше сказать, вовсе не знал; но всё равно, ничего! "А самозванством и бесстыдством, милостивый государь, в наш век не берут. Самозванство и бесстыдство, милостивый мой государь, не к добру приводит, а до петли доводит. Гришка Отрепьев только один, сударь вы мой, взял самозванством, обманув слепой народ, да и то ненадолго". Несмотря на это последнее обстоятельство, господин Голядкин положил ждать до тех пор, покамест маска спадет с некоторых лиц и кое-что обнажится. Для сего нужно было, во-первых, чтоб кончились как можно скорее часы присутствия, а до тех пор герой наш положил не предпринимать ничего. Потом же, когда кончатся часы присутствия, он примет меру одну. Тогда же он знает, как ему поступить, приняв эту меру, как расположить весь план своих действий, чтоб сокрушить рог гордыни и раздавить змею, грызущую прах в презрении бессилия. Позволить же затереть себя, как ветошку, об которую грязные сапоги обтирают, господин Голядкин не мог. Согласиться на это не мог он, и особенно в настоящем случае. Не будь последнего посрамления, герой наш, может быть, и решился бы скрепить свое сердце, может быть, он и решился бы смолчать, покориться и не протестовать слишком упорно; так, поспорил бы, попретендовал бы немножко, доказал бы, что он в своем праве, потом бы уступил немножко, потом, может быть, и еще немножко бы уступил, потом согласился бы совсем, потом, и особенно тогда, когда противная сторона признала бы торжественно, что он в своем праве, потом, может быть, и помирился бы даже, даже умилился бы немножко, даже, — кто бы мог знать, — может быть, возродилась бы новая дружба, крепкая, жаркая дружба, еще более широкая, чем вчерашняя дружба, так что эта дружба совершенно могла бы затмить, наконец, неприятность довольно неблагопристойного сходства двух лиц, так, что оба титулярные советника были бы крайне как рады и прожили бы, наконец, до ста лет и т. д. Скажем всё, наконец: господин Голядкин даже начинал немного раскаиваться, что вступился за себя и за право свое и тут же получил за то неприятность. "Покорись он, — думал господин Голядкин, — скажи, что пошутил, — простил бы ему, даже более простил бы ему, только бы в этом громко признался. Но, как ветошку, себя затирать я не дам. И не таким людям не давал я себя затирать, тем более не позволю покуситься на это человеку развращенному. Я не ветошка; я, сударь мой, не ветошка!" Одним словом, герой наш решился. "Сами вы, сударь вы мой, виноваты!" Решился же он протестовать, и протестовать всеми силами, до последней возможности. Такой уж был человек! Позволить обидеть себя он никак не мог согласиться, а тем более дозволить себя затереть, как ветошку, и, наконец, дозволить это совсем развращенному человеку. Не спорим, впрочем, не спорим. Может быть, если б кто захотел, если б уж кому, например, вот так непременно захотелось обратить в ветошку господина Голядкина, то и обратил бы, обратил бы без сопротивления и безнаказанно (господин Голядкин сам в иной раз это чувствовал), и вышла бы ветошка, а не Голядкин, — так, подлая, грязная бы вышла ветошка, но ветошка-то эта была бы не простая, ветошка эта была бы с амбицией, ветошка-то эта была бы с одушевлением и чувствами, хотя бы и с безответной амбицией и с безответными чувствами и далеко в грязных складках этой ветошки скрытыми, но все-таки с чувствами...

Часы длились невероятно долго; наконец пробило четыре. Спустя немного все встали и вслед за начальником двинулись к себе, по домам. Господин Голядкин вмешался в толпу; глаз его не дремал и не упускал кого нужно из виду. Наконец наш герой увидал, что приятель его подбежал к канцелярским сторожам, раздававшим шинели, и, по подлому обыкновению своему, юлит около них в ожидании своей. Минута была решительная. Кое-как протеснился господин Голядкин сквозь толпу и, не желая отставать, тоже захлопотал о шинели. Но шинель подалась сперва приятелю и другу господина Голядкина, затем что и здесь успел он по-своему подбиться, приласкаться, нашептать и наподличать.

Накинув шинель, господин Голядкин-младший иронически взглянул на господина Голядкина-старшего, действуя, таким образом, открыто и дерзко ему в пику, потом, с свойственною ему наглостью, осмотрелся кругом, посеменил окончательно, — вероятно чтоб оставить выгодное по себе впечатление, — около чиновников, сказал словцо одному, пошептался о чем-то с другим, почтительно полизался с третьим, адресовал улыбку четвертому, дал руку пятому и весело юркнул вниз по лестнице. Господин Голядкин-старший за ним и, к неописанному своему удовольствию, таки нагнал его на последней ступеньке и схватил за воротник его шинели Казалось, что господин Голядкин младший немного оторопел и посмотрел кругом с потерянным видом.

— Как понимать мне вас? — прошептал он наконец слабым голосом господину Голядкину.

— Милостивый государь, если вы только благородный человек, то надеюсь, что вспомните про вчерашние дружеские наши сношения, — проговорил наш герой.

— А, да. Ну, что ж? хорошо ли вы почивали-с? Бешенство отняло на минуту язык у господина Голядкина-старшего.

— Я-то почивал хорошо-с... Но позвольте же и вам сказать, милостивый мой государь, что игра ваша крайне запутана...

— Кто это говорит? Это враги мои говорят, — отвечал отрывисто тот, кто называл себя господином Голядкиным, и вместе с словом этим неожиданно освободился из слабых рук настоящего господина Голядкина. Освободившись, он бросился с лестницы, оглянулся кругом, увидев извозчика, подбежал к нему, сел на дрожки и в одно мгновение скрылся из глаз господина Голядкина-старшего. Отчаянный и покинутый всеми титулярный советник оглянулся кругом, но не было другого извозчика. Попробовал было он бежать, да ноги подламывались. С опрокинутой физиономией, с разинутым ртом, уничтожившись, съежившись, в бессилии прислонился он к фонарному столбу и остался несколько минут таким образом посреди тротуара. Казалось, что всё погибло для господина Голядкина...

Глава IX

Всё, по-видимому, и даже природа сама, вооружилось против господина Голядкина; но он еще был на ногах и не побежден; он это чувствовал, что не побежден. Он готов был бороться. Он с таким чувством и с такою энергией потер себе руки, когда очнулся после первого изумления, что уже по одному виду господина Голядкина заключить можно было, что он не уступит. Впрочем, опасность была на носу, была очевидна; господин Голядкин и это чувствовал; да как за нее взяться, за эту опасность-то? вот вопрос. Даже на мгновение мелькнула мысль в голове господина Голядкина, "что, дескать, не оставить ли всё это так, не отступиться ли запросто? Ну, что ж? ну, и ничего. Я буду особо, как будто не я, — думал господин Голядкин, — пропускаю всё мимо; не я, да и только; он тоже особо, авось и отступится; поюлит, шельмец, поюлит, повертится, да и отступится. Вот оно как! Я смирением возьму. Да и где же опасность? ну, какая опасность? Желал бы я, чтоб кто-нибудь указал мне в этом деле опасность? Плевое дело! обыкновенное дело!.." Здесь господин Голядкин осекся. Слова у него на языке замерли; он даже ругнул себя за эту мысль; даже тут же и уличил себя в низости, в трусости за эту мысль; однако дело его все-таки не двинулось с места. Чувствовал он, что решиться на что-нибудь в настоящую минуту было для него сущею необходимостью; даже чувствовал, что много бы дал тому, кто сказал бы ему, на что именно нужно решиться. Ну, да ведь как угадать? Впрочем, и некогда было угадывать. На всякий случай, чтоб времени не терять, нанял он извозчика и полетел домой. "Что? каково-то ты теперь себя чувствуешь? — подумал он сам в себе. — Каково-то вы себя теперь изволите чувствовать, Яков Петрович? Что-то ты сделаешь? Что-то сделаешь ты теперь, подлец ты такой, шельмец ты такой! Довел себя до последнего, да и плачешь теперь, да и хнычешь теперь!" Так поддразнивал себя господин Голядкин, подпрыгивая на тряском экипаже своего ваньки. Поддразнивать себя и растравлять таким образом свои раны в настоящую минуту было каким-то глубоким наслаждением для господина Голядкина, даже чуть ли не сладострастием. "Ну, если б там теперь, — думал он, — волшебник какой бы пришел, или официальным образом как-нибудь этак пришлось, да сказали бы: дай, Голядкин, палец с правой руки — и квиты с тобой; не будет другого Голядкина, и ты будешь счастлив, только пальца не будет, — так отдал бы палец, непременно бы отдал, не поморщась бы отдал. Черти бы взяли всё это! — вскрикнул, наконец, отчаянный титулярный советник, — ну, зачем всё это? Ну, надобно было всему этому быть; вот непременно этому, вот именно этому, как будто нельзя было другому чему! И всё было хорошо сначала, все были довольны и счастливы; так вот нет же, надобно было! Впрочем, ведь словами ничего не возьмешь. Нужно действовать".

Итак, почти решившись на что-то, господин Голядкин, войдя в свою квартиру, нимало не медля схватился за трубку и, насасывая ее из всех сил, раскидывая клочья дыма направо и налево, начал в чрезвычайном волнении бегать взад и вперед по комнате. Между тем Петрушка стал сбирать на стол. Наконец господин Голядкин решился совсем, вдруг бросил трубку, накинул на себя шинель, сказал, что дома обедать не будет, и выбежал вон из квартиры. На лестнице нагнал его, запыхавшись, Петрушка, держа в руках забытую им шляпу. Господин Голядкин взял шляпу, хотел было мимоходом маленько оправдаться в глазах Петрушки, чтоб не подумал чего Петрушка особенного, — что вот, дескать, такое-то обстоятельство, что вот шляпу позабыл и т. д., — но так как Петрушка и глядеть не хотел и тотчас ушел, то и господин Голядкин без дальнейших объяснений надел свою шляпу, сбежал с лестницы и, приговаривая, что всё, может быть, к лучшему будет и что дело устроится как-нибудь, хотя чувствовал, между прочим, даже у себя в пятках озноб, вышел на улицу, нанял извозчика и полетел к Андрею Филипповичу. "Впрочем, не лучше ли завтра? — думал господин Голядкин, хватаясь за снурок колокольчика у дверей квартиры Андрея Филипповича, — да и что же я скажу особенного? Особенного-то здесь нет ничего. Дело-то такое мизерное, да оно, наконец, и действительно мизерное, плевое, то есть почти плевое дело... ведь вот оно, как это всё, обстоятельство-то..." Вдруг господин Голядкин дернул за колокольчик; колокольчик зазвенел, изнутри послышались чьи-то шаги... Тут господин Голядкин даже проклял себя, отчасти за свою поспешность и дерзость. Недавние неприятности, о которых господин Голядкин едва не позабыл за делами, и контра с Андреем Филипповичем тут же пришли ему на память. Но уже бежать было поздно: дверь отворилась. К счастию господина Голядкина, отвечали ему, что Андрей Филиппович и домой не приезжал из должности, и не обедает дома. "Знаю, где он обедает: он у Измайловского моста обедает", — подумал герой наш и страх как обрадовался. На вопрос слуги, как об вас доложить, сказал, что, дескать, я, мой друг, хорошо, что, дескать, я, мой друг, после. и даже с некоторою бодростью сбежал вниз по лестнице. Выйдя на улицу, он решился отпустить экипаж и расплатился с извозчиком. Когда же извозчик попросил о прибавке, — дескать, ждал, сударь, долго и рысачка для вашей милости не жалел, — то дал и прибавочки пятачок, и даже с большою охотою; сам же пешком пошел.

"Дело-то оно, правда, такое, — думал господин Голядкин, — что ведь так оставить нельзя; однако ж, если так рассудить, этак здраво рассудить, так из чего же по-настоящему здесь хлопотать? Ну, нет, однако ж, я буду всё про то говорить, из чего же мне хлопотать? из чего мне маяться, биться, мучиться, себя убивать? Во-первых, дело сделано, и его не воротишь... ведь не воротишь! Рассудим так: является человек, — является человек с достаточной рекомендацией, дескать, способный чиновник, хорошего поведения, только беден и потерпел разные неприятности, — передряги там этакие, — ну, да ведь бедность не порок; стало быть, я в стороне. Ну, в самом деле, что ж за вздор такой? Ну, пришелся, устроился, самой природой устроился так человек, что две капли воды похож на другого человека, что совершенная копия с другого человека: так уж его за это и не принимать в департамент?! Коли уж судьба, коли одна судьба, коли одна слепая фортуна тут виновата, — так уж его и затереть, как ветошку, так уж и служить ему не давать... да где же тут после этого справедливость будет? Человек же он бедный, затерянный, запуганный; тут сердце болит, тут сострадание его призреть велит! Да! нечего сказать, хороши бы были начальники, если б так рассуждали, как я, забубенная голова! Эка ведь башка у меня! На десятерых подчас глупости хватит! Нет, нет! и сделали хорошо, и спасибо им, что призрели бедного горемыку... Ну, да, положим, например, что мы близнецы, что вот уж мы так уродились, что братья-близнецы, да и только, — вот оно как! Ну, что же такое? Ну, и ничего! Можно всех чиновников приучить... а посторонний кто, войдя в наше ведомство, уж верно не нашел бы ничего неприличного и оскорбительного в таком обстоятельстве. Оно даже тут есть кое-что умилительное; что вот, дескать, мысль-то какая: что, дескать, промысл божий создал двух совершенно подобных, а начальство благодетельное, видя промысл божий, приютило двух близнецов. Оно, конечно, — продолжал господин Голядкин, переводя дух и немного понизив голос, — оно, конечно... оно, конечно, лучше бы было, кабы не было ничего этого, умилительного, и близнецов никаких тоже бы не было...

Черт бы побрал всё это! И на что это нужно было? И что за надобность тут была такая особенная и никакого отлагательства не терпящая?! Господи бог мой! Эк ведь черти заварили кашу какую! Вот ведь, однако ж, у него и характер такой, нрава он такого игривого, скверного, — подлец он такой, вертлявый такой, лизун, лизоблюд, Голядкин он этакой! Пожалуй, еще дурно себя поведет да фамилью мою замарает, мерзавец. Вот теперь и смотри за ним и ухаживай! Эк ведь наказание какое! Впрочем, что ж? ну, и нужды нет! Ну, он подлец, — ну, пусть он подлец, а другой зато честный. Ну, вот он подлец будет, а я буду честный, — и скажут, что в этот Голядкин подлец, на него не смотрите и его с другим не мешайте; а этот вот честный, добродетельный, кроткий, незлобивый, весьма надежный по службе и к повышению чином достойный; вот оно как! Ну, хорошо... а как, того... А как они там, того... да и перемешают! От него ведь всё станется! Ах ты, господи боже мой!.. И подменит человека, подменит, подлец такой, — как ветошку человека подменит и не рассудит, что человек не ветошка. Ах ты, господи боже мой! Эко несчастие какое!.."

Вот таким-то образом рассуждая и сетуя, бежал господин Голядкин, не разбирая дороги и сам почти не зная куда. Очнулся он на Невском проспекте, и то по тому только случаю, что столкнулся с каким-то прохожим так ловко и плотно, что только искры посыпались. Господин Голядкин, не поднимая головы, пробормотал извинение, и только тогда, когда прохожий, проворчав что-то не слишком лестное, отошел уже на расстояние значительное, поднял нос кверху и осмотрелся, где он и как. Осмотревшись и заметив, что находится именно возле того ресторана, в котором отдыхал, приготовляясь к званому обеду у Олсуфия Ивановича, герой наш почувствовал вдруг щипки и щелчки по желудку, вспомнил, что не обедал, званого же обеда не предстояло нигде, и потому, дорогого своего времени не теряя, вбежал он вверх по лестнице в ресторан перехватить что-нибудь поскорее и как можно торопясь не замешкать. И хотя в ресторане было всё дорогонько, но это маленькое обстоятельство не остановило на этот раз господина Голядкина; да и останавливаться-то теперь на подобных безделицах некогда было. В ярко освещенной комнате, у прилавка, на котором лежала разнообразная груда всего того, что потребляется на закуску людьми порядочными, стояла довольно густая толпа посетителей. Конторщик едва успевал наливать, отпускать, сдавать и принимать деньги. Господин Голядкин подождал своей очереди и, выждав, скромно протянул свою руку к пирожку-расстегайчику. Отойдя в уголок, оборотясь спиною к присутствующим и закусив с аппетитом, он воротился к конторщику, поставил на стол блюдечко, зная цену, вынул десять копеек серебром и положил на прилавок монетку, ловя взгляды конторщика, чтоб указать ему: "что вот, дескать, монетка лежит; один расстегайчик" и т. д.

— С вас рубль десять копеек, — процедил сквозь зубы конторщик.

Господин Голядкин порядочно изумился.

— Вы мне говорите?.. Я... я, кажется, взял один пирожок.

— Одиннадцать взяли, — с уверенностью возразил конторщик.

— Вы... сколько мне кажется... вы, кажется, ошибаетесь... Я, право, кажется, взял один пирожок.

— Я считал; вы взяли одиннадцать штук. Когда взяли, так нужно платить; у нас даром ничего не дают.

Господин Голядкин был ошеломлен. "Что ж это, колдовство, что ль, какое надо мной совершается?" — подумал он. Между тем конторщик ожидал решения господина Голядкина; господина Голядкина обступили; господин Голядкин уже полез было в карман, чтоб вынуть рубль серебром, чтоб расплатиться немедленно, чтоб от греха-то подальше быть. "Ну, одиннадцать так одиннадцать, — думал он, краснея как рак, — ну, что же такого тут, что съедено одиннадцать пирожков? Ну, голоден человек, так и съел одиннадцать пирожков; ну, и пусть ест себе на здоровье; ну, и дивиться тут нечему и смеяться тут нечему..." Вдруг как будто что-то кольнуло господина Голядкина; он поднял глаза и — разом понял загадку, понял всё колдовство; разом разрешились все затруднения... В дверях в соседнюю комнату, почти прямо за спиною конторщика и лицом к господину Голядкину, в дверях, которые, между прочим, герой наш принимал доселе за зеркало, стоял один человечек, — стоял он, стоял сам господин Голядкин, — не старый господин Голядкин, не герой нашей повести, а другой господин Голядкин, новый господин Голядкин. Другой господин Голядкин находился, по-видимому, в превосходном расположении духа. Он улыбался господину Голядкину первому, кивал ему головою, подмигивал глазками, семенил немного ногами и глядел так, что чуть что, — так он и стушуется, так он и в соседнюю комнату, а там, пожалуй, задним ходом, да и того... и все преследования останутся тщетными. В руках его был последний кусок десятого расстегая, который он, в глазах же господина Голядкина,

78

отправил в свой рот, чмокнув от удовольствия. "Подменил, подлец! — подумал господин Голядкин, вспыхнув как огонь от стыда, — не постыдился публичности! Видят ли его? Кажется, не замечает никто..." Господин Голядкин бросил рубль серебром так, как будто бы об него все пальцы обжег, и, не замечая значительно-наглой улыбки конторщика, улыбки торжества и спокойного могущества, выдрался из толпы и бросился вон без оглядки. "Спасибо за то, что хоть не компрометировал окончательно человека! — подумал старший господин Голядкин. — Спасибо разбойнику, и ему и судьбе, что еще хорошо всё уладилось. Нагрубил лишь конторщик. Да что ж, ведь он был в своем праве! Рубль десять следовало, так и был в своем праве.

Дескать, без денег у нас никому не дают! Хоть бы был поучтивей, бездельник!.."

Всё это говорил господин Голядкин, сходя с лестницы на крыльцо. Однако же на последней ступеньке он остановился как вкопанный и вдруг покраснел так, что даже слезы выступили у него на глазах от припадка страдания амбиции. Простояв с полминуты столбом, он вдруг решительно топнул ногою, в один прыжок соскочил с крыльца на улицу и без оглядки, задыхаясь, не слыша усталости, пустился к себе домой, в Шестилавочную улицу. Дома, не сняв даже с себя верхнего платья, вопреки привычке своей быть у себя по-домашнему, не взяв даже предварительно трубки, уселся он немедленно на диване, придвинул чернильницу, взял перо, достал лист почтовой бумаги и принялся строчить дрожащею от внутреннего волнения рукой следующее послание:

"Милостивый государь мой,

Яков Петрович!

Никак бы не взял я пера, если бы обстоятельства мои и вы сами, милостивый государь мой, меня к тому не принудили. Верьте, что необходимость одна понудила меня вступить с вами в подобное объяснение, и потому прежде всего прошу считать эту меру мою не как умышленным намерением к вашему, милостивый государь мой, оскорблению, но как необходимым следствием связующих нас теперь обстоятельств".

"Кажется, хорошо, прилично, вежливо, хотя не без силы и твердости?.. Обижаться ему тут, кажется, нечем. К тому же я в своем праве", — подумал господин Голядкин, перечитывая написанное.

"Неожиданное и странное появление ваше, милостивый

государь мой, в бурную ночь, после грубого и неприличного со мною поступка врагов моих, коих имя умалчиваю из презрения к ним, было зародышем всех недоразумений, в настоящее время между нами существующих. Упорное же ваше, милостивый государь, желание стоять на своем и насильственно войти в круг моего бытия и всех отношений моих в практической жизни выступает даже за пределы, требуемые одною лишь вежливостью и простым общежитием. Я думаю, нечего упоминать здесь о похищении вами, милостивый государь мой, бумаги моей и собственного моего честного имени, для приобретения ласки начальства, — ласки, не заслуженной вами. Нечего упоминать здесь и об умышленных и обидных уклонениях ваших от необходимых по сему случаю объяснений. Наконец, чтобы всё сказать, не упоминаю здесь и о последнем странном, можно сказать, непонятном поступке вашем со мною в кофейном доме. Далек от того, чтоб сетовать о бесполезной для меня утрате рубля серебром; но не могу не выказать всего негодования моего при воспоминании о явном посягательстве вашем, милостивый государь, в ущерб моей чести и вдобавок в присутствии нескольких персон, хотя не знакомых мне, но вместе с тем весьма хорошего тона..."

"Не далеко ли я захожу? — подумал господин Голядкин. — Не много ли будет; не слишком ли это обидчиво, — этот намек на хороший тон, например?.. Ну, да ничего! Нужно показать ему твердость характера. Впрочем, ему можно, для смягчения, этак польстить и подмаслить в конце. А вот мы посмотрим".

"Но не стал бы я, милостивый государь мой, утомлять вас письмом моим, если бы не был твердо уверен, что благородство сердечных чувств и открытый, прямодушный характер ваш укажут вам самому средства поправить все упущения и восстановить всё по-прежнему.

В полной надежде я смею оставаться уверенным, что вы не примете письма моего в обидную для вас сторону, а вместе с тем и не откажетесь объясниться нарочито по этому случаю письменно, через посредство моего человека.

В ожидании, честь имею пребыть, милостивый государь,

покорнейшим вашим слугою

Я. Голядкиным".

"Ну, вот и всё хорошо. Дело сделано; дошло и до письменного. Но кто ж виноват? Он сам виноват: сам доводит человека до необходимости требовать письменных документов. А я в своем праве..."

Перечитав последний раз письмо, господин Голядкин сложил его, запечатал и позвал Петрушку. Петрушка явился, по обыкновению своему, с заспанными глазами и на что-то крайне сердитый.

— Ты, братец, вот, возьмешь это письмо... понимаешь?

Петрушка молчал.

— Возьмешь его и отнесешь в департамент; там отыщешь дежурного, губернского секретаря Вахрамеева. Вахрамеев сегодня дежурный. Понимаешь ты это?

— Понимаю.

— Понимаю! Не можешь сказать: понимаю-с. Спросишь чиновника Вахрамеева и скажешь ему, что, дескать, вот так и так, дескать, барин приказал вам кланяться и покорнейше попросить вас справиться в адресной нашего ведомства книге — где, дескать, живет титулярный советник Голядкин?

Петрушка промолчал и, как показалось господину Голядкину, улыбнулся.

— Ну, так вот ты, Петр, спросишь у них адрес и узнаешь, где, дескать, живет новопоступивший чиновник Голядкин?

— Слушаю.

— Спросишь адрес и отнесешь по этому адресу это письмо; понимаешь?

— Понимаю.

— Если там... вот куда ты письмо отнесешь, — тот господин, кому письмо это дашь, Голядкин-то... Чего смеешься, болван?

— Да чего мне смеяться-то? Что мне! Я ничего-с. Нечего нашему брату смеяться...

— Ну, так вот... если тот господин будет спрашивать, дескать, как же твой барин, как же он там; что, дескать, он, того... ну, там, что-нибудь будет выспрашивать, — так ты молчи и отвечай, дескать, барин мой ничего, а просят, дескать, ответа от вас своеручного. Понимаешь?

— Понимаю-с.

— Ну, так вот, дескать, барин мой, дескать, говори, ничего, дескать, и здоров, и в гости, дескать, сейчас собирается; а от вас, дескать, они ответа просят письменного. Понимаешь?

— Понимаю.

— Ну, ступай.

"Ведь вот еще с этим болваном работа! смеется себе, да и кончено. Чему ж он смеется? Дожил я до беды, дожил я вот таким-то образом до беды! Впрочем, может быть, оно обратится всё к лучшему... Этот мошенник, верно, часа два будет таскаться теперь, пропадет еще где-нибудь. Послать нельзя никуда. Эка беда ведь какая!.. эка ведь беда одолела какая!.."

Чувствуя, таким образом, вполне беду свою, герой наш решился на пассивную двухчасовую роль в ожидании Петрушки. С час времени ходил он по комнате, курил, потом бросил трубку и сел за какую-то книжку, потом прилег на диван, потом опять взялся за трубку, потом опять начал бегать по комнате. Хотел было он рассуждать, но рассуждать не мог решительно ни о чем. Наконец агония пассивного состояния его возросла до последнего градуса, и господин Голядкин решился принять одну меру. "Петрушка придет еще через час, —думал он, —можно ключ отдать дворнику, а сам я покамест и, того... исследую дело, по своей части исследую дело". Не теряя времени и спеша исследовать дело, господин Голядкин взял свою шляпу, вышел из комнаты, запер квартиру, зашел к дворнику, вручил ему ключ вместе с гривенником, — господин Голядкин стал как-то необыкновенно щедр, — и пустился, куда ему следовало. Господин Голядкин пустился пешком, сперва к Измайловскому мосту. В ходьбе прошло с полчаса. Дойдя до цели своего путешествия, он вошел прямо во двор своего знакомого дома и взглянул на окна квартиры статского советника Берендеева. Кроме трех завешенных красными гардинами окон, остальные все были темны. "У Олсуфья Ивановича сегодня, верно, нет гостей, — подумал господин Голядкин, — они, верно, все одни теперь дома сидят". Постояв несколько времени на дворе, герой наш хотел было уже на что-то решиться. Но решению не суждено было состояться, по-видимому. Господин Голядкин отдумал, махнул рукой и воротился на улицу. "Нет, не сюда мне нужно было идти. Что же я буду здесь делать?.. А вот я лучше теперь, того... и собственнолично исследую дело". Приняв такое решение, господин Голядкин пустился в свой департамент. Путь был не близок, вдобавок была страшная грязь и мокрый снег валил самыми густыми хлопьями. Но для героя нашего в настоящее время затруднений, кажется, не было. Измок-то он измок, правда, да и загрязнился немало, "да уж так, заодно, зато цель достигнута". И действительно, господин Голядкин уже подходил к своей цели. Темная масса огромного казенного строения уже зачернела вдали перед ним. "Стой! — подумал он, — куда ж я иду и что я буду здесь делать? Положим, узнаю где он живет; а между тем Петрушка уже, верно, вернулся и ответ мне принес. Время-то я мое дорогое только даром теряю, время-то я мое только так потерял. Ну, ничего; еще всё это можно исправить. Однако, и в самом деле, не зайти ль к Вахрамееву? Ну, да нет! я уж после... Эк! выходить-то было вовсе не нужно. Да нет, уж характер такой! Сноровка такая, что нужда ли, нет ли, вечно норовлю как-нибудь вперед забежать... Гм... который-то час? уж верно, есть девять. Петрушка может прийти и не найдет меня дома. Сделал я чистую глупость, что вышел... Эх, право, комиссия!"

Искренно сознавшись таким образом, что сделал чистую глупость, герой наш побежал обратно к себе в Шестилавочную. Добежал он усталый, измученный. Еще от дворника узнал он, что Петрушка и не думал являться. "Ну, так! уж я предчувствовал это, — подумал герой наш, — а между тем уже девять часов. Эк ведь негодяй он какой! Уж вечно где-нибудь пьянствует! Господи бог мой! экой ведь денек выдался на долю мою горемычную!" Таким-то образом размышляя и сетуя, господин Голядкин отпер квартиру свою, достал огня, разделся совсем, выкурил трубку и, истощенный, усталый, разбитый, голодный, прилег на диван в ожидании Петрушки. Свеча нагорала тускло, свет трепетал на стенах... Господин Голядкин глядел-глядел, думал-думал, да и заснул наконец как убитый.

Проснулся он уже поздно. Свеча совсем почти догорела, дымилась и готова была тотчас совершенно потухнуть. Господин Голядкин вскочил, встрепенулся и вспомнил всё, решительно всё. За перегородкой раздавался густой храп Петрушки. Господин Голядкин бросился к окну — нигде ни огонька. Отворил форточку — тихо; город словно вымер, спит. Стало быть, часа два или три; так и есть: часы за перегородкой понатужились и пробили два. Господин Голядкин бросился за перегородку.

Кое-как, впрочем после долгих усилий, растолкал он Петрушку и успел посадить его на постель. В это время свечка совершенно потухла. Минут с десять прошло, покамест господин Голядкин успел найти другую свечу и зажечь ее. В это время Петрушка успел заснуть сызнова. "Мерзавец ты этакой, негодяй ты такой! — проговорил господин Голядкин, снова его расталкивая, — встанешь ли ты, проснешься ли ты?" После получасовых усилий господин Голядкин успел, однако же, расшевелить совершенно своего служителя и вытащить его из-за перегородки. Тут только увидел герой наш, что Петрушка был, как говорится, мертвецки пьян и едва на ногах держался.

— Бездельник ты этакой! — закричал господин Голядкин. — Разбойник ты этакой! голову ты срезал с меня! Господи, куда же это он письмо-то сбыл с рук? Ахти, создатель мой, ну, как

83

оно... И зачем я его написал? и нужно было мне его написать! Расскакался, дуралей, я с амбицией! Туда же полез за амбицией! Вот тебе и амбиция, подлец ты этакой, вот и амбиция!.. Ну, ты! куда же ты письмо-то дел, разбойник ты этакой? Кому же ты отдал его?..

— Никому я не отдавал никакого письма; и не было у меня никакого письма... вот как!

Господин Голядкин ломал руки с отчаяния.

— Слушай ты, Петр... ты послушай, ты слушай меня...

— Слушаю...

— Ты куда ходил? — отвечай...

— Куда ходил... к добрым людям ходил! что мне!

— Ах ты, господи боже мой! Куда сначала ходил? был в департаменте?.. Ты послушай, Петр; ты, может быть, пьян?

— Я пьян? Вот хоть сейчас с места не сойти, мак-мак-маковой — вот...

— Нет, нет, это ничего, что ты пьян... Я только так спросил; это хорошо, что ты пьян; я ничего, Петруша, я ничего... Ты, может быть, только так позабыл, а всё помнишь. Ну-ка, вспомни-ка, был ты у Вахрамеева, чиновника, — был или нет?

— И не был, и чиновника такого не бывало. Вот хоть сейчас...

— Нет, нет, Петр! Нет, Петруша, ведь я ничего. Ведь ты видишь, что я ничего... Ну, что ж такое! Ну, на дворе холодно, сыро, ну, выпил человек маленько, ну, и ничего... Я не сержусь. Я сам, брат, выпил сегодня... Ты признайся, вспомни-ка, брат: был ты у чиновника Вахрамеева?

— Ну, как теперь, вот этак пошло, так, право слово, вот был же, вот хоть сейчас...

— Ну, хорошо, Петруша, хорошо, что был. Ты видишь, я не сержусь... Ну, ну, — продолжал наш герой, еще более задабривая своего служителя, трепля его по плечу и улыбаясь ему, — ну, клюкнул, мерзавец, маленько... на гривенник, что ли, клюкнул? плут ты этакой! Ну, и ничего; ну, ты видишь, что я не сержусь... я не сержусь, братец, я не сержусь...

— Нет, я не плут, как хотите-с... К добрым людям только зашел, а не плут, и плутом никогда не бывал...

— Да нет же, нет, Петруша! ты послушай, Петр: ведь я ничего, ведь я тебя не ругаю, что плутом называю. Ведь это я в утешение тебе говорю, в благородном смысле про это говорю. Ведь это значит, Петруша, польстить иному человеку, как сказать ему, что он петля этакая, продувной малый, что он малый не промах и никому надуть себя не позволит. Это любит иной человек... Ну, ну, ничего! ну, скажи же ты мне, Петруша, теперь без утайки, откровенно, как другу... ну, был ты у чиновника Вахрамеева и адрес он дал тебе?

— И адрес дал, тоже и адрес дал. Хороший чиновник! И барин твой, говорит, хороший человек, очень хороший, говорит, человек; я, дескать, скажи, говорит, кланяйся, говорит, своему барину, благодари и скажи, что я, дескать, люблю, вот, дескать, как уважаю твоего барина! за то, что, говорит, ты, барин твой, говорит, Петруша, хороший человек, говорит, и ты, говорит, тоже хороший человек, Петруша, — вот...

— Ах ты, господи боже мой! А адрес-то, адрес-то, Иуда ты этакой? — Последние слова господин Голядкин проговорил почти шепотом.

— И адрес... и адрес дал.

— Дал? Ну, где же живет он, Голядкин, чиновник Голядкин, титулярный советник?

— А Голядкин будет тебе, говорит, в Шестилавочной улице. Вот как пойдешь, говорит, в Шестилавочную, так направо, на лестницу, в четвертый этаж. Вот тут тебе, говорит, и будет Голядкин...

— Мошенник ты этакой! — закричал наконец вышедший из терпения герой наш. — Разбойник ты этакой! да это ведь я; ведь это ты про меня говоришь. А то другой есть Голядкин; я про другого говорю, мошенник ты этакой!

— Ну, как хотите! что мне! Вы как хотите — вот!..

— А письмо-то, письмо...

— Какое письмо? и не было никакого письма, и не видал я никакого письма.

— Да куда же ты дел его — шельмец ты такой?!

— Отдал его, отдал письмо. Кланяйся, говорит, благодари; хороший твой, говорит, барин. Кланяйся, говорит, твоему барину...

— Да кто же это сказал? Это Голядкин сказал? Петрушка помолчал немного и усмехнулся во весь рот, глядя прямо в глаза своему барину.

— Слушай, ты, разбойник ты этакой! — начал господин Голядкин, задыхаясь, теряясь от бешенства, — что ты сделал со мной! Говори ты мне, что ты сделал со мной! Срезал ты меня, злодей ты такой! Голову с плеч моих снял, Иуда ты этакой!

— Ну, теперь как хотите! что мне! — сказал решительным тоном Петрушка, ретируясь за перегородку.

— Пошел сюда, пошел сюда, разбойник ты этакой!..

— И не пойду я к вам теперь, совсем не пойду. Что мне! Я к добрым людям пойду... А добрые люди живут по честности, добрые люди без фальши живут и по двое никогда не бывают...

У господина Голядкина и руки и ноги оледенели, и дух занялся...

— Да-с, — продолжал Петрушка, — их по двое никогда не бывает, бога и честных людей не обижают...

— Ты бездельник, ты пьян! Ты спи теперь, разбойник ты этакой! А вот завтра и будет тебе, — едва слышным голосом проговорил господин Голядкин. Что же касается до Петрушки, то он пробормотал еще что-то; потом слышно было, как он налег на кровать, так что кровать затрещала, протяжно зевнул, потянулся и наконец захрапел сном невинности, как говорится. Ни жив ни мертв был господин Голядкин. Поведение Петрушки, намеки его весьма странные, хотя и отдаленные, на которые сердиться, следственно, нечего было, тем более что пьяный человек говорил, и, наконец, весь злокачественный оборот, принимаемый делом, — всё это потрясло до основания Голядкина. "И дернуло меня его распекать среди ночи, — говорил наш герой, дрожа всем телом от какого-то болезненного ощущения. — И подсунуло меня с пьяным человеком связаться! Какого толку ждать от пьяного человека! что ни слово, то врет. На что это, впрочем, он намекал, разбойник он этакой? Господи боже мой! И зачем я все эти письма писал, я-то, душегубец; я-то, самоубийца я этакой! Нельзя помолчать! Надо было провраться! Ведь уж чего! Погибаешь, ветошке подобишься, так ведь нет же, туда же с амбицией, дескать, честь моя страждет, дескать, честь тебе свою нужно спасать! Самоубийца я этакой!"

Так говорил господин Голядкин, сидя на диване своем и не смея пошевелиться от страха. Вдруг глаза его остановились на одном предмете, в высочайшей степени возбудившем его внимание. В страхе — не иллюзия ли, не обман ли воображения предмет, возбудивший внимание его, — протянул он к нему руку, с надеждою, с робостию, с любопытством неописанным... Нет, не обман! не иллюзия! Письмо, точно письмо, непременно письмо, и к нему адресованное... Господин Голядкин взял письмо со стола. Сердце в нем страшно билось. "Это, верно, тот мошенник принес, — подумал он, — и тут положил, а потом и забыл; верно, так всё случилось; это, верно, именно так всё случилось..." Письмо было от чиновника Вахрамеева, молодого сослуживца и некогда приятеля господина Голядкина. "Впрочем, я всё это заранее предчувствовал, — подумал герой наш, — и всё то, что в письме теперь будет, также предчувствовал..." Письмо было следующее:

"Милостивый государь,

Яков Петрович!

Человек ваш пьян, и путного от него не дождешься; по сей причине предпочитаю отвечать письменно. Спешу вам объявить, что поручение, вами не меня возлагаемое и состоящее в передаче известной вам особе через мои руки письма, согласен исполнить во всей верности и точности. Квартирует же сия особа, весьма вам известная и теперь заменившая мне друга, коей имя при сем умалчиваю (затем что не хочу напрасно чернить репутацию совершенно невинного человека), вместе с нами, в квартире Каролины Ивановны, в том самом нумере, где прежде еще, в бытность вашу у нас, квартировал заезжий из Тамбова пехотный офицер. Впрочем, особу сию можете найти везде между честных и искренних сердцем людей, чего об иных сказать невозможно. Связи мои с вами намерен я с сего числа прекратить; в дружественном же тоне и в прежнем согласном виде товарищества нашего нам оставаться нельзя, и потому прошу вас, милостивый государь мой, немедленно по получении сего откровенного письма моего, выслать следуемые мне два целковых за бритвы иностранной работы, проданные мною, если запомнить изволите, семь месяцев тому назад в долг, еще во время жительства вашего с нами у Каролины Ивановны, которую я от всей души моей уважаю. Действую же я таким образом потому, что вы, по рассказам умных людей, потеряли амбицию и репутацию и стали опасны для нравственности невинных и незараженных людей, ибо некоторые особы живут не по правде и, сверх того, слова их — фальшь и благонамеренный вид подозрителен. Вступиться же за обиду Каролины Ивановны, которая всегда была благонравного поведения, а во-вторых, честная женщина и вдобавок девица, хотя не молодых лет, но зато хорошей иностранной фамилии, — людей способных можно найти всегда и везде, о чем просили меня некоторые особы упомянуть в сем письме моем мимоходом и говоря от своего лица. Во всяком же случае вы всё узнаете своевременно, если теперь не узнали, несмотря на то что ославили себя, по рассказам умных людей, во всех концах столицы и, следовательно, уже во многих местах могли получить надлежащие о себе, милостивый государь, сведения. В заключение письма моего объявляю вам, милостивый мой государь, что известная вам особа, коей имя не упоминаю здесь по известным благородным причинам, весьма уважаема людьми благомыслящими; сверх того, характера веселого и приятного, успевает как на службе, так и между всеми здравомыслящими людьми, верна своему слову и дружбе и не обижает заочно тех, с кем в глаза находится в приятельских отношениях.

Во всяком случае пребываю

покорным слугою вашим

Н. Вахрамеевым.

P. S. Вы вашего человека сгоните: он пьяница и приносит вам, по всей вероятности, много хлопот, а возьмите Евстафия, служившего прежде у нас и находящегося на сей раз без места. Теперешний же служитель ваш не только пьяница, но, сверх того, вор, ибо еще на прошлой неделе продал фунт сахару, в виде кусков, Каролине Ивановне за уменьшенную цену, что, по моему мнению, не мог он иначе сделать, как обворовав вас хитростным образом, по-малому и в разные сроки. Пишу вам сие, желая добра, несмотря на то что некоторые особы умеют только обижать и обманывать всех людей, преимущественно же честных и обладающих добрым характером; сверх того, заочно поносят их и представляют их в обратном смысле, единственно из зависти и потому, что сами себя не могут назвать таковыми.

В.".

Прочтя письмо Вахрамеева, герой наш долго еще оставался в неподвижном положении на диване своем. Какой-то новый свет пробивался сквозь весь неясный и загадочный туман, уже два дня окружавший его. Герой наш отчасти начинал понимать... Попробовал было он встать с дивана и пройтись раз и другой по комнате, чтоб освежить себя, собрать кое-как разбитые мысли, устремить их на известный предмет и потом, поправив себя немного, зрело обдумать свое положение. Но только что хотел было он привстать, как тут же в немощи и бессилии, упал опять на прежнее место. "Оно, конечно, я это всё заранее предчувствовал; однако же как же он пишет и каков прямой смысл этих слов? Смысл-то я, положим, и знаю; но куда это поведет? Сказал бы прямо: вот, дескать, так-то и так-то, требуется то-то и то-то, я бы и исполнил. Турнюра-то, оборот-то, принимаемый делом, такой неприятный выходит! Ах, как бы поскорее добраться до завтра и поскорее добраться до дела! теперь же я знаю, что делать. Дескать, так и так, скажу, на резоны согласен, чести моей не продам; а того... пожалуй; впрочем, он-то, особа-то эта известная, лицо-то неблагоприятное как же сюда подмешалось? и зачем именно подмешалось сюда? Ах, как бы до завтра скорей! Ославят они меня до тех пор, интригуют они, в пику работают! Главное — времени не нужно терять, а теперь, например, хоть письмо написать и только пропустить, что, дескать, то-то и то-то и вот на то-то и то-то согласен. А завтра чем свет отослать, и самому пораньше, того... и с другой стороны им в контру пойти, и предупредить их, голубчиков... Ославят они меня, да и только!"

Господин Голядкин подвинул бумагу, взял перо и написал следующее послание в ответ на письмо губернского секретаря Вахрамеева:

"Милостивый государь,

Нестор Игнатьевич!

С прискорбным сердцу моему удивлением прочел я оскорбительное для меня письмо ваше, ибо ясно вижу, что под именем некоторых неблагопристойных особ и иных с ложною благонамеренностью людей разумеете вы меня. С истинною горестию вижу, как скоро, успешно и какие далекие корни пустила клевета, в ущерб моему благоденствию, моей чести и доброму моему имени. И тем более прискорбно и оскорбительно это, что даже честные люди, с истинно благородным образом мыслей и, главное, одаренные прямым и открытым характером, отступают от интересов благородных людей и прилепляются лучшими качествами сердца своего к зловредной тле, — к несчастию в наше тяжелое и безнравственное время расплодившейся сильно и крайне неблагонамеренно. В заключение скажу, что вами означенный долг мой, два рубля серебром, почту святою обязанностию возвратить вам во всей его целости.

Что же касается до ваших, милостивый государь мой, намеков насчет известной особы женского пола, насчет намерений, расчетов и разных замыслов этой особы, то скажу вам, милостивый государь мой, что я смутно и неясно понял все эти намеки. Позвольте мне, милостивый государь мой, благородный образ мыслей моих и честное имя мое сохранить незапятнанными. Во всяком же случае готов снизойти до объяснения лично, предпочитая верность личного письменному, и, сверх того, готов войти в разные миролюбивые, обоюдные разумеется, соглашения. На сей конец прошу вас, милостивый мой государь, передать сей особе готовность мою для соглашения личного и, сверх того, просить ее назначить время и место свидания. Горько мне было читать, милостивый государь мой, намеки на то, что будто бы вас оскорбил, изменил нашей первобытной дружбе и отзывался о вас с дурной стороны. Приписываю всё сие недоразумению, гнусной клевете, зависти и недоброжелательству тех, коих справедливо могу наименовать ожесточеннейшими врагами моими. Но они, вероятно, не знают, что невинность сильна уже своею невинностью, что бесстыдство, наглость и возмущающая душу фамильярность иных особ, рано ли, поздно ли, заслужит себе всеобщее клеймо презрения и что эти особы погибнут не иначе, как от собственной неблагопристойности и развращенности сердца. В заключение прошу вас, милостивый государь мой, передать сим особам, что странная претензия их и неблагородное фантастическое желание вытеснять других из пределов, занимаемых сими другими своим бытием в этом мире, и занять их место, заслуживают изумления, презрения, сожаления и, сверх того, сумасшедшего дома; что, сверх того, такие отношения запрещены строго законами, что, по моему мнению, совершенно справедливо, ибо всякий должен быть доволен своим собственным местом. Всему есть пределы, и если это шутка, то шутка неблагопристойная, скажу более: совершенно безнравственная, ибо смею уверить вас, милостивый государь мой, что идеи мои, выше распространенные насчет своих мест, чисто нравственные.

Во всяком случае честь имею пребыть

вашим покорным слугою

Я. Голядкин".

Глава X

Вообще можно сказать, что происшествия вчерашнего дня до основания потрясли господина Голядкина. Почивал наш герой весьма нехорошо, то есть никак не мог даже на пять минут заснуть совершенно: словно проказник какой-нибудь насыпал ему резаной щетины в постель. Всю ночь провел он в каком-то полусне, полубдении, переворачиваясь со стороны на сторону, с боку на бок, охая, кряхтя, на минутку засыпая, через минутку опять просыпаясь, и всё это сопровождалось какой-то странной тоской, неясными воспоминаниями, безобразными видениями, — одним словом, всем, что только можно найти неприятного... То появлялась перед ним, в каком-то странном, загадочном полусвете, фигура Андрея Филипповича, — сухая фигура, сердитая фигура, с сухим, жестким взглядом и с черство-учтивой побранкой... И только что господин Голядкин начинал было подходить к Андрею Филипповичу, чтоб перед ним каким-нибудь образом, так или этак, оправдаться и доказать ему, что он вовсе не таков, как его враги расписали, что он вот такой-то да сякой-то и даже обладает, сверх обыкновенных, врожденных качеств своих, вот тем-то и тем-то; но как тут и являлось известное своим неблагопристойным направлением лицо и каким-нибудь самым возмущающим душу средством сразу разрушало все предначинания господина Голядкина, тут же, почти на глазах же господина Голядкина, очерняло досконально его репутацию, втаптывало в грязь его амбицию и потом немедленно занимало место его на службе и в обществе. То чесалась голова господина Голядкина от какого-нибудь щелчка, недавно благоприобретенного и уничижение принятого, полученного или в общежитии, или как-нибудь там, по обязанности, на который щелчок протестовать было трудно... И между тем как господин Голядкин начинал было ломать себе голову над тем, что почему вот именно трудно протестовать хоть бы на такой-то щелчок, — между тем эта же мысль о щелчке незаметно переливалась в какую-нибудь другую форму, — в форму какой-нибудь известной маленькой или довольно значительной подлости, виденной, слышанной или самим недавно исполненной, — и часто исполненной-то даже и не на подлом основании, даже и не из подлого побуждения какого-нибудь, а так, — иногда, например, по случаю, — из деликатности, другой раз из ради совершенной своей беззащитности, ну и, наконец, потому... потому, одним словом, уж это господин Голядкин знал хорошо почему! Тут господин Голядкин краснел сквозь сон и, подавляя краску свою, бормотал про себя, что, дескать, здесь, например, можно бы показать твердость характера, значительную бы можно было показать в этом случае твердость характера... а потом и заключал, что, "дескать, что же твердость характера!.. дескать, зачем ее теперь поминать!.." Но всего более бесило и раздражало господина Голядкина то, что как тут, и непременно в такую минуту, звали ль, не звали ль его, являлось известное безобразием и пасквильностью своего направления лицо и тоже, несмотря на то что уже, кажется, дело было известное, — тоже, туда же, бормотало с неблагопристойной улыбочкой, что, "дескать, что уж тут твердость характера! какая, дескать, у нас с тобой, Яков Петрович, будет твердость характера!.." То грезилось господину Голядкину, что находится он в одной прекрасной компании, известной своим остроумием и благородным тоном всех лиц, ее составляющих; что господин Голядкин в свою очередь отличился в отношении любезности и остроумия, что все его полюбили, даже некоторые из врагов его, бывших тут же, его полюбили, что очень приятно было господину Голядкину; что все ему отдали первенство и что, наконец, сам господин Голядкин с приятностью подслушал, как хозяин тут же, отведя в сторону кой-кого из гостей, похвалил господина Голядкина... и вдруг, ни с того ни с сего, опять явилось известное своею неблагонамеренностью и зверскими побуждениями лицо, в виде господина Голядкина-младшего, и тут же, сразу, в один миг, одним появлением своим, Голядкин-младший разрушал всё торжество и всю славу господина Голядкина-старшего, затмил собою Голядкина-старшего, втоптал в грязь Голядкина-старшего и, наконец, ясно доказал, что Голядкин-старший и вместе с тем настоящий — вовсе не настоящий, а поддельный, а что он настоящий, что, наконец, Голядкин-старший вовсе не то, чем он кажется, а такой-то и сякой-то, и, следовательно, не должен и не имеет права принадлежать к обществу людей благонамеренных и хорошего тона. И всё это до того быстро сделалось, что господин Голядкин-старший и рта раскрыть не успел, как уже все и душою и телом предались безобразному и поддельному господину Голядкину и с глубочайшим презрением отвергли его, настоящего и невинного господина Голядкина. Не оставалось лица, которого мнение не переделал бы в один миг безобразный господин Голядкин по-своему. Не оставалось лица, даже самого незначительного из целой компании, к которому бы не подлизался бесполезный и фальшивый господин Голядкин по-своему, самым сладчайшим манером, к которому бы не подбился по-своему, перед которым бы он не покурил, по своему обыкновению, чем-нибудь самым приятным и сладким, так что обкуриваемое лицо только нюхало и чихало до слез в знак высочайшего удовольствия. И, главное, всё это делалось мигом: быстрота хода подозрительного и бесполезного господина Голядкина была удивительная! Чуть успеет, например, полизаться с одним, заслужить благорасположение его, — и глазком не мигнешь, как уж он у другого. Полижется-полижется с другим втихомолочку, сорвет улыбочку благоволения, лягнет своей коротенькой, кругленькой, довольно, впрочем, дубоватенькой ножкой, — и вот уж и с третьим, и куртизанит уж третьего, с ним тоже лижется по-приятельски; рта раскрыть не успеваешь, в изумление не успеешь прийти, — а уж он у четвертого, и с четвертым уже на тех же кондициях, — ужас: колдовство, да и только! И все рады ему и все любят его, и все превозносят его, и все провозглашают хором, что любезность и сатирическое ума его направление не в пример лучше любезности и сатирического направления настоящего господина Голядкина, и стыдят этим настоящего и невинного господина Голядкина, и отвергают правдолюбивого господина Голядкина, и уже гонят в толчки благонамеренного господина Голядкина, и уже сыплют щелчки в известного любовию к ближнему настоящего господина Голядкина!.. В тоске, в ужасе, в бешенстве выбежал многострадальный господин Голядкин на улицу и стал нанимать извозчика, чтоб прямо лететь к его превосходительству, а если не так, то уж по крайней мере к Андрею Филипповичу, но — ужас! извозчики никак не соглашались везти господина Голядкина: "дескать, барин, нельзя везти двух совершенно подобных; дескать, ваше благородие, хороший человек норовит жить по честности, а не как-нибудь, и вдвойне никогда не бывает". В исступлении стыда оглядывался кругом совершенно честный господин Голядкин и действительно уверялся, сам, своими глазами, что извозчики и стакнувшийся с ними Петрушка все в своем праве; ибо развращенный господин Голядкин находился действительно тут же, возле него, не в дальнем от него расстоянии, и следуя подлым обычаям нравов своих, и тут, и в этом критическом случае, непременно готовился сделать что-то весьма неприличное и нисколько не обличавшее особенного благородства характера, получаемого обыкновенно при воспитании, — благородства, которым так величался при всяком удобном случае отвратительный господин Голядкин второй. Не помня себя, в стыде и в отчаянии, бросился погибший и совершенно справедливый господин Голядкин куда глаза глядят, на волю судьбы, куда бы ни вынесло; но с каждым шагом его, с каждым ударом ноги в гранит тротуара, выскакивало, как будто из-под земли, по такому же точно, совершенно подобному и отвратительному развращенностию сердца господину Голядкину. И все эти совершенно подобные пускались тотчас же по появлении своем бежать один за другим и длинною цепью, как вереница гусей, тянулись и ковыляли за господином Голядкиным-старшим, так что некуда было убежать от совершенно подобных, — так что дух захватывало всячески достойному сожаления господину Голядкину от ужаса, — так что народилась наконец страшная бездна совершенно подобных, — так что вся столица запрудилась наконец совершенно подобными, и полицейский служитель, видя таковое нарушение приличия, принужден был взять этих всех совершенно подобных за шиворот и посадить в случившуюся у него под боком будку... Цепенея и леденея от ужаса, просыпался герой наш и, цепенея и леденея от ужаса, чувствовал, что и наяву едва ли веселее проводится время... Тяжело, мучительно было... Тоска подходила такая, как будто кто сердце выедал из груди...

Наконец господин Голядкин не мог долее вытерпеть. "Не будет же этого!" — закричал он, с решимостью приподымаясь с постели, и вслед за этим восклицанием совершенно очнулся.

День, по-видимому, уже давно начался. В комнате было как-то не по-обыкновенному светло; солнечные лучи густо процеживались сквозь заиндевевшие от мороза стекла и обильно рассыпались по комнате, что немало удивило господина Голядкина; ибо разве только в полдень заглядывало к нему солнце своим чередом; прежде же таких исключений в течении небесного светила, сколько по крайней мере господин Голядкин сам мог припомнить, почти никогда не бывало. Только что успел подивиться на это герой наш, как зажужжали за перегородкой стенные часы и, таким образом, совершенно приготовились бить. "А, вот!" — подумал господин Голядкин и с тоскливым ожиданием приготовился слушать... Но, к совершенному и окончательному поражению господина Голядкина, часы его понатужились и ударили всего один раз. "Это что за история?" — вскричал наш герой, выскакивая совсем из постели. Так, как был, не веря ушам своим, бросился он за перегородку. На часах был действительно час. Господин Голядкин взглянул на кровать Петрушки; но в комнате даже не пахло Петрушкой: постель его, по-видимому, давно уже была прибрана и оставлена; сапогов его тоже нигде не было, — несомненный признак, что Петрушки действительно не было дома. Господин Голядкин бросился к дверям: двери заперты. "Да где же Петрушка?" — продолжал он шепотом, весь в страшном волнении и чувствуя довольно значительную дрожь во всех членах... Вдруг одна мысль пронеслась в голове его... Господин Голядкин бросился к столу своему, оглядел его, обшарил кругом, — так и есть: вчерашнего письма его к Вахрамееву не было... Петрушки за перегородкой тоже совсем не было; на стенных часах был час, а во вчерашнем письме Вахрамеева были введены какие-то новые пункты, весьма, впрочем, с первого взгляда неясные пункты, но теперь совершенно объяснившиеся. Наконец, и Петрушка — очевидно подкупленный Петрушка! Да, да, это так!

"Так это там-то главный узел завязывался! — вскричал господин Голядкин, ударив себя по лбу и всё более и более открывая глаза, — так это в гнезде этой скаредной немки кроется теперь вся главная нечистая сила! Так это, стало быть, она только стратегическую диверсию делала, указывая мне на Измайловский мост, — глаза отводила, смущала меня (негодная ведьма!) и вот таким-то образом подкопы вела!!! Да, это так! Если только с этой стороны на дело взглянуть, то всё это и будет вот именно так! и появление мерзавца тоже теперь вполне объясняется: это всё одно к одному. Они его давно уж держали, приготовляли и на черный день припасали. Ведь вот оно как теперь, как оказалось-то всё! Как разрешилось-то всё! А ну, ничего! Еще не потеряно время!.." Тут господин Голядкин с ужасом вспомнил, что уже второй час пополудни. "Что, если они теперь и успели... — Стон вырвался у него из груди... — Да нет же, врут, не успели, — посмотрим..." Кое-как он оделся, схватил бумагу, перо и настрочил следующее послание:

"*Милостивый государь мой,*

Яков Петрович!

Либо вы, либо я, а вместе нам невозможно! И потому объявляю вам, что странное, смешное и, вместе, невозможное желание ваше казаться моим близнецом и выдавать себя за такового послужит не к чему иному, как к совершенному вашему бесчестию и поражению. И потому прошу вас, ради собственной же выгоды вашей, посторониться и дать путь людям истинно благородным и с целями благонамеренными. В противном же случае готов решиться даже на самые крайние меры. Кладу перо и ожидаю... Впрочем, пребываю готовым на услуги и — на пистолеты.

Я. Голядкин".

Энергически потер себе руки герой наш, когда кончил записку. Затем, натянув шинель и надев шляпу, отпер другим, запасным ключом квартиру и пустился в департамент. До департамента он дошел, но войти не решился; действительно, было уже слишком поздно; половину третьего показывали часы господина Голядкина. Вдруг одно, по-видимому, весьма маловажное обстоятельство разрешило некоторые сомнения господина Голядкина: из-за угла департаментского здания вдруг показалась запыхавшаяся и раскрасневшаяся фигурка и украдкой, крысиной походкой шмыгнула на крыльцо и потом тотчас же в сени. Это был писарь Остафьев, человек весьма знакомый господину Голядкину, человек отчасти нужный и за гривенник готовый на всё. Зная нежную струну Остафьева и смекнув, что он, после отлучки за самонужнейшей надобностью, вероятно, стал еще более прежнего падок на гривенники, герой наш решился их не жалеть и тотчас же шмыгнул на крыльцо, а потом и в сени вслед за Остафьевым, кликнул его и с таинственным видом пригласил в сторонку, в укромный уголок, за огромную железную печку. Заведя его туда, герой наш начал расспрашивать.

— Ну, что, мой друг, как этак там, того... ты меня понимаешь?..

— Слушаю, ваше благородие, здравия желаю вашему благородию.

— Хорошо, мой друг, хорошо; а я тебя поблагодарю, милый друг. Ну, вот видишь, как же, мой друг?

— Что изволите спрашивать-с? — Тут Остафьев попридержал немного рукою свой нечаянно раскрывшийся рот

— Я вот, видишь ли, мой друг, я, того... а ты не думай чего-нибудь... Ну что, Андрей Филиппович здесь?..

— Здесь-с.

— И чиновники здесь?

— И чиновники тоже-с, как следует-с.

— И его превосходительство тоже?

— И его превосходительство тоже-с. — Тут писарь еще другой раз попридержал свой опять раскрывшийся рот и как-то любопытно и странно посмотрел на господина Голядкина. Герою нашему по крайней мере так показалось.

— И ничего особенного такого нету, мой друг?

— Нет-с; никак нет-с.

— Этак обо мне, милый друг, нет ли чего-нибудь там, этак чего-нибудь только... а? только так, мой друг, понимаешь?

— Нет-с, еще ничего не слышно покамест. — Тут писарь опять попридержал свой рот и опять как-то странно взглянул на господина Голядкина. Дело в том, что герой наш старался теперь проникнуть в физиономию Остафьева, прочесть на ней кое-что, не таится ли чего-нибудь. И действительно, как будто что-то такое таилось; дело в том, что Остафьев становился всё как-то грубее и суше и не с таким уже участием, как с начала разговора, входил теперь в интересы господина Голядкина. "Он отчасти в своем праве, — подумал господин Голядкин, — ведь что ж я ему? Он, может быть, уже и получил с другой стороны. а потому и отлучился по самонужнейшей-то. А вот я ему и того..." Господин Голядкин понял, что время гривенников наступило.

— Вот тебе, милый друг...

— Чувствительно благодарен вашему благородию.

— Еще более дам.

— Слушаю, ваше благородие.

— Теперь, сейчас еще более дам и, когда дело кончится, еще столько же дам. Понимаешь?

Писарь молчал, стоял в струнку и неподвижно смотрел на господина Голядкина.

— Ну, теперь говори: про меня ничего не слышно?..

— Кажется, что еще, покамест... того-с... ничего нет покамест-с. — Остафьев отвечал с расстановкой, тоже, как и господин Голядкин, наблюдая немного таинственный вид, подергивая немного бровями, смотря в землю, стараясь попасть в надлежащий тон и, одним словом, всеми силами стараясь наработать обещанное, потому что данное он уже считал за собою и окончательно приобретенным.

— И неизвестно ничего?

— Покамест еще нет-с.

— А послушай... того... оно, может быть, будет известно?

— Потом, разумеется, может быть, будет известно-с. "Плохо!" — подумал герой наш.

— Послушай, вот тебе еще, милый мой.

— Чувствительно благодарен вашему благородию.

— Вахрамеев был вчера здесь?..

— Были-с.

— А другого кого-нибудь не было ли?.. Припомни-ка, братец?

Писарь порылся с минутку в своих воспоминаниях и надлежащего ничего не припомнил.

— Нет-с, никого другого не было-с.

— Гм! — Последовало молчание.

— Послушай, братец, вот тебе еще; говори всё, всю подноготную.

— Слушаю-с. — Остафьев стоял теперь точно шелковый: того надобно было господину Голядкину.

— Объясни мне, братец, теперь, на какой он ноге?

— Ничего-с, хорошо-с, — отвечал писарь, во все глаза смотря на господина Голядкина.

— То есть как хорошо?

— То есть так-с. — Тут Остафьев значительно подернул бровями. Впрочем, он решительно становился в тупик и не знал, что ему еще говорить. "Плохо!" — подумал господин Голядкин.

— Нет ли у них дальнейшего чего-нибудь с Вахрамеевым-то?

— Да и всё, как и прежде-с.

— Подумай-ка.

— Есть, говорят-с.

— А ну, что же такое?

Остафьев попридержал рукою свой рот.

— Письма оттудова нет ли ко мне?

— А сегодня сторож Михеев ходил к Вахрамееву на квартиру, туда-с, к немке ихней-с, так вот я пойду и спрошу, если надобно.

— Сделай одолжение, братец, ради создателя!.. Я только так... Ты, брат, не думай чего-нибудь, а я только так. Да расспроси, братец, разузнай, не приготовляется ли что-нибудь там на мой счет. Он-то как действует? вот мне что нужно; вот это ты и узнай, милый друг, а я тебя потом и поблагодарю, милый друг...

— Слушаю-с, ваше благородие, а на вашем месте Иван Семеныч сели сегодня-с.

— Иван Семеныч? А! да! неужели?

— Андрей Филиппович указали им сесть-с...

— Неужели? по какому же случаю? Разузнай это, братец, ради создателя, разузнай это, братец; разузнай это всё — а я тебя поблагодарю, милый мой; вот что мне нужно... А ты не думай чего-нибудь, братец...

— Слушаю-с, слушаю-с, тотчас сойду сюда-с. Да вы, ваше благородие, разве не войдете сегодня?

— Нет, мой друг; я только так, я ведь так только, я

посмотреть только пришел, милый друг, а потом я тебя и поблагодарю, милый мой.

— Слушаю-с. — Писарь быстро и усердно побежал вверх по лестнице, а господин Голядкин остался один.

"Плохо, — подумал он. — Эх, плохо, плохо! Эх, дельце-то наше... как теперь плоховато! Что бы это значило всё? что именно значили некоторые намеки этого пьяницы, например, и чья это штука? А! я теперь знаю, чья это штука. Это вот какая штука. Они, верно, узнали, да и посадили.. Впрочем, что ж, — посадили? это Андрей Филиппович его посадил. Ивана-то Семеновича; да, впрочем, зачем же он его посадил и с какою именно целью посадил? Вероятно, узнали... Это Вахрамеев работает, то есть не Вахрамеев, он глуп, как простое осиновое бревно, Вахрамеев-то; а это они все за него работают, да и шельмеца-то за тем же самым сюда натравили; а немка нажаловалась, одноглазая! Я всегда подозревал, что вся эта интрига неспроста и что во всей этой бабьей, старушьей сплетне непременно есть что-нибудь; то же самое я и Крестьяну Ивановичу говорил, что, дескать, поклялись зарезать, в нравственном смысле говоря, человека да и ухватились за Каролину Ивановну. Нет, тут мастера работают, видно! Тут, сударь мой, работает мастерская рука, а не Вахрамеев. Уже сказано, что глуп Вахрамеев, а это... я знаю теперь, кто здесь за них всех работает: это шельмец работает, самозванец работает! На этом одном он и лепится, что доказывает отчасти и успехи его в высшем обществе. А действительно, желательно бы знать было, на какой он ноге теперь... что-то он там у них? Только зачем же они там взяли Ивана-то Семеновича? на какой им черт было нужно Ивана Семеновича? точно нельзя уж было достать другого кого. Впрочем, кого ни посади, всё было бы то же самое; а что я только знаю, так это то, что он, Иван-то Семенович, был мне давно подозрителен, я про него давно замечал: старикашка такой скверный, гадкий такой, — говорят, на проценты дает и жидовские проценты берет. А ведь это всё медведь мастерит. Во всё это обстоятельство медведь замешался. Началось-то оно таким образом. У Измайловского моста оно началось; вот оно как началось..." Тут господин Голядкин сморщился, словно лимон разгрыз, вероятно припомнив что-нибудь весьма неприятное. "Ну, да ничего, впрочем! — подумал он. — А вот только я всё про свое. Что же это Остафьев нейдет; Вероятно, засел или был остановлен там как-нибудь. Это ведь и хорошо отчасти, что я так интригую и с своей стороны подкопы веду. Остафьеву только гривенник нужно дать, так он и того... и на моей стороне. Только вот дело в чем: точно ли он на моей стороне; может быть, они его тоже с своей стороны... и, с своей стороны согласясь с ним, интригу ведут. Ведь разбойником смотрит, мошенник, чистым разбойником! Таится, шельмец! "Нет, ничего, говорит, и чувствительно, дескать, вам, ваше благородие, говорит, благодарен". Разбойник ты этакой!"

Послышался шум... господин Голядкин съежился и прыгнул за печку. Кто-то сошел с лестницы и вышел на улицу. "Кто бы это так отправлялся теперь?" — подумал про себя наш герой. Через минутку послышались опять чьи-то шаги... Тут господин Голядкин не вытерпел и высунул из-за своего бруствера маленький-маленький кончик носу, — высунул и тотчас же осекся назад, словно кто ему булавкой нос уколол. На этот раз проходил известно кто, то есть шельмец, интригант и развратник, — проходил по, обыкновению своим подленьким частым шажком, присеменивая и выкидывая ножками так, как будто бы собирался кого-то лягнуть. "Подлец!" — проговорил про себя наш герой. Впрочем, господин Голядкин не мог не заметить, что у подлеца под мышкой был огромный зеленый портфель, принадлежавший его превосходительству. "Он это опять по особому", — подумал господин Голядкин, покраснев и съежившись еще более прежнего от досады. Только что господин Голядкин-младший промелькнул мимо господина Голядкина-старшего, совсем не заметив его, как послышались в третий раз чьи-то шаги, и на этот раз господин Голядкин догадался, что шаги были писарские. Действительно, какая-то примазанная писарская фигурка заглянула к нему за печку; фигурка, впрочем, была не Ос-тафьева, а другого писаря, Писаренки по прозванию. Это изумило господина Голядкина. "Зачем же это он других в секрет замешал? — подумал герой наш. — Экие варвары! святого у них ничего не имеется!"

— Ну, что, мой друг? — проговорил он, обращаясь к Писаренке, — ты, мой друг, от кого?..

— Вот-с, по вашему дельцу-с. Ни от кого известий покамест нет никаких-с. А если будут, уведомим-с.

— А Остафьев?..

— Да ему, ваше благородие, никак нельзя-с. Его превосходительство уже два раза проходили по отделению, да и мне теперь некогда.

— Спасибо, милый мой, спасибо тебе... Только ты мне скажи...

— Ей-богу же, некогда-с... Поминутно нас спрашивают-с... А вот вы извольте здесь еще постоять-с, так если будет что-нибудь относительно вашего дельца-с, так мы вас уведомим-с...

— Нет, ты, мой друг, ты скажи...

— Позвольте-с; мне некогда-с, — говорил Писаренко, порываясь от ухватившего его за полу господина Голядкина, — право, нельзя-с. Вы извольте здесь еще постоять-с, так мы и уведомим.

— Сейчас, сейчас, друг мой! сейчас, милый друг! Вот что теперь: вот письмо, мой друг; а я тебя поблагодарю, милый мой.

— Слушаюсь-с.

— Постарайся отдать, милый мой, господину Голядкину.

— Голядкину?

— Да, мой друг, господину Голядкину.

— Хорошо-с; вот как уберусь, так снесу-с. А вы здесь стойте покамест. Здесь никто не увидит...

— Нет, я, мой друг, ты не думай... я ведь здесь стою не для того, чтоб кто-нибудь не видел меня. А я, мой друг, теперь буду не здесь... буду вот здесь в переулочке. Кофейная есть здесь одна; так я там буду ждать, а ты, если случится что, и уведомляй меня обо всем, понимаешь?

— Хорошо-с. Пустите только; я понимаю...

— А я тебя поблагодарю, милый мой! — кричал господин Голядкин вслед освободившемуся наконец Писаренке... "Шельмец, кажется, грубее стал после, — подумал герой наш, украдкой выходя из-за печки. — Тут еще есть крючок. Это ясно... Сначала был и того, и сего... Впрочем, он и действительно торопился; может быть, дела там много. И его превосходительство два раза ходили по отделению... По какому бы это случаю было?.. Ух! да ну, ничего! оно, впрочем, и ничего, может быть, а вот мы теперь и посмотрим..."

Тут господин Голядкин отворил было дверь и хотел уже выйти на улицу, как вдруг, в это самое мгновение, у крыльца загремела карета его превосходительства. Не успел господин Голядкин опомниться, как отворились изнутри дверцы кареты и сидевший в ней господин выпрыгнул на крыльцо. Приехавший был не кто иной, как тот же господин Голядкин-младший, минут десять тому назад отлучившийся. Господин Голядкин-старший вспомнил, что квартира директора была в двух шагах. "Это он по особому", — подумал наш герой про себя. Между тем господин Голядкин-младший, захватив из кареты толстый зеленый портфель и еще какие-то бумаги, приказав, наконец, что-то кучеру, отворил дверь, почти толкнув ею господина Голядкина-старшего, и, нарочно не заметив его и, следовательно, действуя таким образом ему в пику, пустился скоробежкой вверх по департаментской лестнице. "Плохо! — подумал господин Голядкин, — эх, дельце-то наше чего прихватило теперь! Ишь его, господи бог мой!" С полминутки еще простоял наш герой неподвижно; наконец он решился. Долго не думая, чувствуя, впрочем, сильное трепетание сердца и дрожь во всех членах, побежал он вслед за приятелем своим вверх по лестнице. "А! была не была; что же мне-то такое? я сторона в этом деле", — думал он, снимая шляпу, шинель и калоши в передней.

Когда господин Голядкин вошел в свое отделение, были уже полные сумерки. Ни Андрея Филипповича, ни Антона Антоновича не было в комнате. Оба они находились в директорском кабинете с докладами; директор же, как по слухам известно было, в свою очередь спешил к его высокопревосходительству. Вследствие таковых обстоятельств, да еще потому, что и сумерки сюда подмешались и кончалось время присутствия, некоторые из чиновников, преимущественно же молодежь, в ту самую минуту, когда вошел наш герой, занимались некоторого рода бездействием, сходились, разговаривали, толковали, смеялись, и даже кое-кто из самых юнейших, то есть из самых бесчиновных чиновников, втихомолочку и под общий шумок составили орлянку в углу, у окошка. Зная приличие и чувствуя в настоящее время какую-то особенную надобность приобресть и "найти", господин Голядкин немедленно подошел кой к кому, с кем ладил получше, чтоб пожелать доброго дня и т. д. Но как-то странно ответили сослуживцы на приветствие господина Голядкина. Неприятно был он поражен какою-то всеобщею холодностью, сухостью, даже, можно сказать, какою-то строгостью приема. Руки ему не дал никто. Иные просто сказали "здравствуйте" и прочь отошли; другие лишь головою кивнули, кое-кто просто отвернулся и показал, что ничего не заметил; наконец, некоторые, — и что было всего обиднее господину Голядкину, некоторые из самой бесчиновной молодежи, ребята, которые, как справедливо выразился о них господин Голядкин, умеют лишь в орлянку поиграть при случае да где-нибудь потаскаться, — мало-помалу окружили господина Голядкина, сгруппировались около него и почти заперли ему выход. Все они смотрели на него с каким-то оскорбительным любопытством.

Знак был дурной. Господин Голядкин чувствовал это и благоразумно приготовился с своей стороны ничего не заметить. Вдруг одно совершенно неожиданное обстоятельство совсем, как говорится, доконало и уничтожило господина Голядкина.

В кучке молодых окружавших его сослуживцев вдруг, и, словно нарочно, в самую тоскливую минуту для господина Голядкина, появился господин Голядкин-младший, веселый по-всегдашнему, с улыбочкой по-всегдашнему, вертлявый тоже по-всегдашнему, одним словом: шалун, прыгун, лизун, хохотун, легок на язычок и на ножку, как и всегда, как прежде, точно так, как и вчера, например, в одну весьма неприятную минутку для господина Голядкина-старшего. Осклабившись, вертясь, семеня, с улыбочкой, которая так и говорила всем "доброго вечера", втерся он в кучку чиновников, тому пожал руку, этого по плечу потрепал, третьего обнял слегка, четвертому объяснил, по какому именно случаю был его превосходительством употреблен, куда ездил, что сделал, что с собою привез; пятого, и, вероятно, своего лучшего друга, чмокнул в самые губки, — одним словом, всё происходило точь-в-точь как во сне господина Голядкина-старшего. Напрыгавшись досыта, покончив со всяким по-своему, обделав их всех в свою пользу, нужно ль, не нужно ли было. нализавшись всласть с ними со всеми, господин Голядкин-младший вдруг, и, вероятно, ошибкой, еще не успев заметить до сих пор своего старейшего друга, протянул руку и господину Голядкину-старшему. Вероятно, тоже ошибкой, хотя, впрочем, и успев совершенно заметить неблагородного господина Голядкина-младшего, тотчас же жадно схватил наш герой простертую ему так неожиданно руку и пожал ее самым крепким, самым дружеским образом, пожал ее с каким-то странным, совсем неожиданным внутренним движением, с каким-то слезящимся чувством. Был ли обманут герой наш первым движением неблагопристойного врага своего, или так, не нашелся, или почувствовал и сознал в глубине души своей всю степень своей беззащитности, — трудно сказать. Факт тот, что господин Голядкин-старший, в здравом виде, по собственной воле своей и при свидетелях, торжественно пожал руку того, кого называл смертельным врагом своим. Но каково же было изумление, исступление и бешенство, каков же был ужас и стыд господина Голядкина-старшего, когда неприятель и смертельный враг его, неблагородный господин Голядкин-младший, заметив ошибку преследуемого, невинного и вероломно обманутого им человека, без всякого стыда, без чувств, без сострадания и совести, вдруг с нестерпимым нахальством и с грубостию вырвал свою руку из руки господина Голядкина-старшего мало того, — стряхнул свою руку, как будто замарал ее через то в чем-то совсем нехорошем; мало того, — плюнул на сторону, сопровождая всё это самым оскорбительным жестом; мало того, — вынул платок свой и тут же, самым бесчиннейшим образом, вытер им все пальцы свои, побывавшие на минутку в руке господина Голядкина-старшего. Действуя таким образом, господин Голядкин-младший, по подленькому обыкновению своему, нарочно осматривался кругом, делал так, чтоб все видели его поведение заглядывал всем в глаза и, очевидно, старался о внушении всем всего самого неблагоприятного относительно господина Голядкина. Казалось, что поведение отвратительного господина Голядкина-младшего возбудило всеобщее негодование окружавших чиновников; даже ветреная молодежь показала свое неудовольствие. Кругом поднялся ропот и говор. Всеобщее движение не могло миновать ушей господина Голядкина-старшего; но вдруг кстати подоспевшая шуточка, накипевшая, между прочим, в устах господина Голядкина-младшего, разбила, уничтожила последние надежды героя нашего и наклонила баланс опять в пользу смертельного и бесполезного врага его.

— Это наш русский Фоблаз, господа; позвольте вам рекомендовать молодого Фоблаза, — запищал господин Голядкин-младший, с свойственною ему наглостью семеня и вьюня меж чиновниками и указывая им на оцепеневшего и вместе с тем исступленного настоящего господина Голядкина. "Поцелуемся, душка!" — продолжал он с нестерпимою фамильярностью, подвигаясь к предательски оскорбленному им человеку. Шуточка бесполезного господина Голядкина-младшего, кажется, нашла отголосок где следовало, тем более что в ней заключался коварный намек на одно обстоятельство, по-видимому, уже гласное и известное всем. Герой наш тяжко почувствовал руку врагов на плечах своих. Впрочем, он уже решился. С пылающим взором, с бледным лицом, с неподвижной улыбкой выбрался он кое-как из толпы и неровными, учащенными шагами направил свой путь прямо к кабинету его превосходительства. В предпоследней комнате встретился с ним только что выходивший от его превосходительства Андрей Филиппович, и хотя тут же в комнате было порядочно всяких других, совершенно посторонних в настоящую минуту для господина Голядкина лиц, но герой наш и внимания не хотел обратить на подобное обстоятельство. Прямо, решительно, смело, почти сам себе удивляясь и внутренне себя за смелость похваливая, абордировал он, не теряя времени, Андрея Филипповича, порядочно изумленного таким нечаянным нападением.

— А!.. что вы... что вам угодно? — спросил начальник

отделения, не слушая запнувшегося на чем-то господина Голядкина.

— Андрей Филиппович, я... могу ли я, Андрей Филиппович, иметь теперь, тотчас же и глаз на глаз, разговор с его превосходительством? — речисто и отчетливо проговорил наш герой, устремив самый решительный взгляд на Андрея Филипповича.

— Что-с? конечно нет-с. — Андрей Филиппович с ног до головы обмерил взглядом своим господина Голядкина.

— Я, Андрей Филиппович, всё это к тому говорю, что удивляюсь, как никто здесь не обличит самозванца и подлеца.

— Что-о-с?

— Подлеца, Андрей Филиппович.

— О ком же это угодно таким образом относиться?

— Об известном лице, Андрей Филиппович. Я, Андрей Филиппович, на известное лицо намекаю; я в своем праве... Я думаю, Андрей Филиппович, что начальство должно было бы поощрять подобные движения, — прибавил господин Голядкин, очевидно не помня себя, — Андрей Филиппович... вы, вероятно, сами видите, Андрей Филиппович, что это благородное движение и всяческую мою благонамеренность означает, — принять начальника за отца, Андрей Филиппович, принимаю, дескать, благодетельное начальство за отца и слепо вверяю судьбу свою. Так и так, дескать... вот как... — Тут голос господина Голядкина задрожал, лицо его раскраснелось, и две слезы набежали на обеих ресницах его.

Андрей Филиппович, слушая господина Голядкина, до того удивился, что как-то невольно отшатнулся шага на два назад. Потом с беспокойством осмотрелся кругом... Трудно сказать, чем бы кончилось дело... Но вдруг дверь из кабинета его превосходительства отворилась, и он сам вышел в сопровождении некоторых чиновников. За ним потянулись все, кто ни был в комнате. Его превосходительство подозвал Андрея Филипповича и пошел с ним рядом, заведя разговор о каких-то делах. Когда все тронулись и пошли вон из комнаты, опомнился и господин Голядкин. Присмирев, приютился он под крылышко Антона Антоновича Сеточкина, который сзади всех ковылял в свою очередь и, как показалось господину Голядкину, с самым строгим и озабоченным видом. "Проврался я и тут, нагадил и тут, — подумал он про себя, — да ну, ничего".

— Надеюсь, что по крайней мере вы, Антон Антонович, согласитесь прослушать меня и вникнуть в мои обстоятельства, — проговорил он тихо и еще немного дрожащим от волнения голосом. — Отверженный всеми, обращаюсь я к вам.

Недоумеваю до сих пор, что значили слова Андрея Филипповича, Антон Антонович. Объясните мне их, если можно...

— Своевременно всё объяснится-с, — строго и с расстановкою отвечал Антон Антонович и, как показалось господину Голядкину, с таким видом, который ясно давал знать, что Антон Антонович вовсе не желает продолжать разговора. — Узнаете в скором времени всё-с. Сегодня же форменно обо всем известитесь.

— Что же такое форменно, Антон Антонович? почему же так именно форменно-с? — робко спросил наш герой.

— Не нам с вами рассуждать, Яков Петрович, как начальство решает.

— Почему же начальство, Антон Антонович, — проговорил господин Голядкин, оробев еще более, — почему же начальство? Я не вижу причины, почему же тут нужно беспокоить начальство, Антон А<н>тонович... Вы, может быть, что-нибудь относительно вчерашнего хотите сказать, Антон Антонович?

— Да нет-с, не вчерашнее-с; тут кое-что другое хромает-с у вас.

— Что же хромает, Антон Антонович? мне кажется, Антон Антонович, что у меня ничего не хромает.

— А хитрить-то с кем собирались? — резко пересек Антон Антонович совершенно оторопевшего господина Голядкина. Господин Голядкин вздрогнул и побледнел как платок.

— Конечно, Антон Антонович, — проговорил он едва слышным голосом, — если внимать голосу клеветы и слушать врагов наших, не приняв оправдания с другой стороны, то, конечно... конечно, Антон Антонович, тогда можно и пострадать, Антон Антонович, безвинно и ни за что пострадать.

— То-то-с; а неблагопристойный поступок ваш во вред репутации благородной девицы того добродетельного, почтенного и известного семейства, которое вам благодетельствовало?

— Какой же это поступок, Антон Антонович?

— То-то-с. А относительно другой девицы, хотя бедной, но зато честного иностранного происхождения, похвального поступка своего тоже не знаете-с?

— Позвольте, Антон Антонович... благоволите, Антон Антонович, выслушать...

— А вероломный поступок ваш и клевета на другое лицо — обвинение другого лица в том, в чем сами грешка прихватили? а? это как называется?

— Я, Антон А<н>тонович, не выгонял его, — проговорил, затрепетав, наш герой, — и Петрушку, то есть человека моего, подобному ничему не учил-с... Он ел мой хлеб, Антон Антонович; он пользовался гостеприимством моим, — прибавил выразительно и с глубоким чувством герой наш, так что подбородок его запрыгал немножко и слезы готовы были опять навернуться.

— Это вы, Яков Петрович, только так говорите, что он хлеб-то ваш ел, — отвечал, осклабляясь, Антон Антонович, и в голосе его было слышно лукавство, так что по сердцу скребнуло у господина Голядкина.

— Позвольте еще вас, Антон Антонович, нижайше спросить: известны ли обо всем этом деле его превосходительство?

— Как же-с! Впрочем, вы теперь пустите меня-с. Мне с вами тут некогда... Сегодня же обо всем узнаете, что вам следует знать-с.

— Позвольте, ради бога, еще на минутку, Антон Антонович...

— После расскажете-с...

— Нет-с, Антон Антонович; я-с, видите-с, прислушайте только, Антон Антонович... Я совсем не вольнодумство, Антон Антонович, я бегу вольнодумства; я совершенно готов с своей стороны и даже пропускал ту идею...

— Хорошо-с, хорошо-с. Я уж слышал-с...

— Нет-с, этого вы не слыхали, Антон Антонович. Это другое, Антон Антонович, это хорошо, право хорошо, и приятно слышать... Я пропускал, как выше объяснил, ту идею, Антон Антонович, что вот промысл божий создал двух совершенно подобных, а благодетельное начальство, видя промысл божий, приютили двух близнецов-с. Это хорошо, Антон Антонович. Вы видите, что это очень хорошо, Антон Антонович, и что я далек вольнодумства. Принимаю благодетельное начальство за отца. Так и так, дескать, благодетельное начальство, а вы, того... дескать... молодому человеку нужно служить... Поддержите меня, Антон Антонович, заступитесь за меня, Антон Антонович... Я ничего-с... Антон Антонович, ради бога, еще одно словечко... Антон Антонович...

Но уже Антон Антонович был далеко от господина Голядкина... Герой же наш не знал, где стоял, что слышал, что делал, что с ним сделалось и что еще будут делать с ним, — так смутило его и потрясло всё им слышанное и всё с ним случившееся.

Умоляющим взором отыскивал он в толпе чиновников

Антона Антоновича, чтоб еще более оправдаться в глазах его и сказать ему что-нибудь крайне благонамеренное и весьма благородное и приятное относительно себя самого..

Впрочем, мало-помалу, новый свет начинал пробиваться сквозь смущение господина Голядкина, новый, ужасный свет, озаривший перед ним вдруг, разом, целую перспективу совершенно неведомых доселе и даже нисколько не подозреваемых обстоятельств... В эту минуту кто-то толк-пул совершенно сбившегося героя нашего под бок. Он оглянулся. Перед ним стоял Писаренко.

— Письмо-с, ваше благородие.

— А!.. ты уже сходил, милый мой?

— Нет, это еще утром в десять часов сюда принесли-с. Сергей Михеев, сторож, принес-с, с квартиры губернского секретаря Вахрамеева.

— Хорошо, мой друг, хорошо, а я тебя поблагодарю, милый мой.

Сказав это, господин Голядкин спрятал письмо в боковой карман своего вицмундира и застегнул его на все пуговицы; потом осмотрелся кругом и, к удивлению своему, заметил, что уже находится в сенях департаментских, в кучке чиновников, столпившихся к выходу, ибо кончилось присутствие. Господин Голядкин не только не замечал до сих пор этого последнего обстоятельства, но даже не заметил и не помнил того, каким образом он вдруг очутился в шинели, в калошах и держал свою шляпу в руках. Все чиновники стояли неподвижно и в почтительном ожидании. Дело в том, что его превосходительство остановился в низу лестницы, в ожидании своего почему-то замешкавшегося экипажа, и вел весьма интересный разговор с двумя советниками и с Андреем Филипповичем. Немного поодаль от двух советников и Андрея Филипповича стоял Антон Антонович Сеточкин и кое-кто из других чиновников, которые весьма улыбались, видя, что его превосходительство изволит шутить и смеяться. Столпившиеся на верху лестницы чиновники тоже улыбались и ждали, покамест его превосходительство опять засмеются. Не улыбался лишь только один Федосеич, толстопузый швейцар, державшийся у ручки дверей, вытянувшийся в струнку и с нетерпением ожидавший порции своего обыденного удовольствия, состоявшего в том, чтоб разом, одним взмахом руки, широко откинуть одну половинку дверей и потом, согнувшись в дугу, почтительно пропустить мимо себя его превосходительство. Но всех более, по-видимому, был рад и чувствовал удовольствие недостойный и неблагородный враг господина Голядкина. Он в это мгновение даже позабыл всех чиновников, даже оставил вьюнить и семенить между ними, по своему подленькому обыкновению, даже позабыл, пользуясь случаем, подлизаться к кому-нибудь в это мгновение. Он обратился весь в слух и зрение, как-то странно съежился, вероятно чтоб удобнее слушать, не спуская глаз с его превосходительства, и изредка только подергивало его руки, ноги и голову какими-то едва заметными судорогами, обличавшими все внутренние, сокровенные движения души его.

"Ишь его разбирает! — подумал герой наш, — фаворитом смотрит, мошенник! Желал бы я знать, чем он именно берет в обществе высокого тона? Ни ума, ни характера, ни образования, ни чувства; везет шельмецу! Господи боже! ведь как это скоро может пойти человек, как подумаешь, и "найти" во всех людях! И пойдет человек, клятву даю, что пойдет далеко, шельмец, доберется, — везет шельмецу! Желал бы я еще узнать, что именно такое он всем им нашептывает? Какие тайны у него со всем этим народом заводятся и про какие секреты они говорят? Господи боже! Как бы мне этак, того... и с ними бы тоже немножко... дескать, так и так, попросить его разве... дескать, так и так, а я больше не буду; дескать, я виноват, а молодому человеку, ваше превосходительство, нужно служить в наше время; обстоятельством же темным моим я отнюдь не смущаюсь, — вот оно как! протестовать там каким-нибудь образом тоже не буду, и всё с терпением и смирением снесу, — вот как! Вот разве так поступить?.. Да, впрочем, его не проймешь, шельмеца, никаким словом не пробьешь; резону-то ему вгвоздить нельзя в забубенную голову... А впрочем, попробуем. Случится, что в добрый час попаду, так вот и попробовать..."

В беспокойстве своем, в тоске и смущении, чувствуя, что так оставаться нельзя, что наступает минута решительная, что нужно же с кем-нибудь объясниться, герой наш стал было понемножку подвигаться к тому месту, где стоял недостойный и загадочный приятель его; но в самое это время у подъезда загремел давно ожидаемый экипаж его превосходительства. Федосеич рванул дверь и, согнувшись в три дуги, пропустил его превосходительство мимо себя. Все ожидавшие разом хлынули к выходу и оттеснили на мгновение господина Голядкина-старшего от господина Голядкина-младшего. "Не уйдешь!" — говорил наш герой, прорываясь сквозь толпу и не спуская глаз с кого следовало. Наконец толпа раздалась. Герой наш почувствовал себя на свободе и ринулся в погоню за своим неприятелем.

Глава XI

Дух занимался в груди господина Голядкина; словно на крыльях летел он вслед за своим быстро удалявшимся неприятелем. Чувствовал он в себе присутствие страшной энергии. Впрочем, несмотря на присутствие страшной энергии, господин Голядкин мог смело надеяться, что в настоящую минуту даже простой комар, если бы только он мог в такое время жить в Петербурге, весьма бы удобно перешиб его крылом своим. Чувствовал он еще, что опал и ослаб совершенно, что несет его какою-то совершенно особенною и постороннею силою, что он вовсе не сам идет, что, напротив, его ноги подкашиваются и служить отказываются. Впрочем, это всё могло бы устроиться к лучшему. "К лучшему — не к лучшему, — думал господин Голядкин, почти задыхаясь от скорого бега, — но что дело проиграно, так в том теперь и сомнения малейшего нет; что пропал я совсем, так уж это известно, определено, решено и подписано". Несмотря на всё это, герой наш словно из мертвых воскрес, словно баталию выдержал, словно победу схватил, когда пришлось ему уцепиться за шинель своего неприятеля, уже заносившего одну ногу на дрожки куда-то только что сговоренного им ваньки. "Милостивый государь! милостивый государь! — закричал он наконец настигнутому им неблагородному господину Голядкину-младшему. — Милостивый государь, я надеюсь, что вы..."

— Нет, вы уж, пожалуйста, ничего не надейтесь, — уклончиво отвечал бесчувственный неприятель господина Голядкина, стоя одною ногою на одной ступеньке дрожек, а другою изо всех сил порываясь попасть на другую сторону экипажа, тщетно махая ею по воздуху, стараясь сохранить экилибр и вместе с тем стараясь всеми силами отцепить шинель свою от господина Голядкина-старшего, за которую тот, с своей стороны, уцепился всеми данными ему природою средствами.

— Яков Петрович! только десять минут...

— Извините, мне некогда-с.

— Согласитесь сами, Яков Петрович... пожалуйста, Яков Петрович... ради бога, Яков Петрович... так и так — объясниться... на смелую ногу... Секундочку, Яков Петрович!..

— Голубчик мой, некогда, — отвечал с неучтивою фамильярностью, но под видом душевной доброты, ложно

110

благородный неприятель господина Голядкина, — в другое время, поверьте, от полноты души и от чистого сердца; но теперь — вот, право ж, нельзя.

"Подлец!" — подумал герой наш.

— Яков Петрович! — закричал он тоскливо, — я вашим врагом никогда не бывал. Злые же люди несправедливо меня описали... С своей стороны я готов... Яков Петрович, угодно, мы с вами, Яков Петрович, вот тотчас зайдем?.. И там от чистого сердца, как несправедливо сказали вы тотчас, и языком прямым, благородным... вот в эту кофейную: тогда всё само собой объяснится, — вот как, Яков Петрович! Тогда непременно всё само собой объяснится...

— В кофейную? хорошо-с. Я не прочь, зайдём в кофейную, с одним только условием, радость моя, с единым условием, — что там всё само собой объяснится. Дескать, так и так, душка, — проговорил господин Голядкин-младший, слезая с дрожек и бесстыдно потрепав героя нашего по плечу, — дружище ты этакой; для тебя, Яков Петрович, я готов переулочком (как справедливо в оно время вы, Яков Петрович, заметить изволили). Ведь вот плут, право, что захочет, то и делает с человеком! — продолжал ложный друг господина Голядкина, с легкой улыбочкой вертясь и увиваясь около него.

Отдаленная от больших улиц кофейная, куда вошли оба господина Голядкина, была в эту минуту совершенно пуста. Довольно толстая немка появилась у прилавка, едва только заслышался звон колокольчика. Господин Голядкин и недостойный неприятель его прошли во вторую комнату, где одутловатый и остриженный под гребенку мальчишка возился с вязанкою щепок около печки, силясь возобновить в ней погасавший огонь. По требованию господина Голядкина-младшего подан был шоколад.

— А пресдобная бабенка, — проговорил господин Голядкин-младший, плутовски мигнув господину Голядкину-старшему.

Герой наш покраснел и смолчал.

— А, да, позабыл, извините. Знаю ваш вкус. Мы, сударь, лакомы до тоненьких немочек; мы, дескать, душа ты правдивая, Яков Петрович, лакомы с тобою до тоненьких, хотя, впрочем, и не лишенных еще приятности немочек; квартиры у них нанимаем, их нравственность соблазняем, за бир-суп да мильх-суп наше сердце им посвящаем да разные подписки даем, — вот что мы делаем, Фоблаз ты такой, предатель ты этакой!

Всё это проговорил господин Голядкин-младший, делая,

таким образом, совершенно бесполезный, хотя, впрочем, и злодейски хитрый намек на известную особу женского пола, увиваясь около господина Голядкина, улыбаясь ему под видом любезности, ложно показывая, таким образом, радушие к нему и радость при встрече с ним. Замечая же, что господин Голядкин-старший вовсе не так глуп и вовсе не до того лишен образованности и манер хорошего тона, чтоб сразу поверить ему, неблагородный человек решился переменить свою тактику и повести дела на открытую ногу. Тут же, проговорив свою гнусность, фальшивый господин Голядкин заключил тем, что с возмущающим душу бесстыдством и фамильярностью потрепал солидного господина Голядкина по плечу и, не удовольствовавшись этим, пустился заигрывать с ним совершенно неприличным в обществе хорошего тона образом, именно вознамерился повторить свою прежнюю гнусность, то есть, несмотря на сопротивление и легкие крики возмущенного господина Голядкина-старшего, ущипнуть его за щеку. При виде такого разврата герой наш вскипел и смолчал... до времени, впрочем.

— Это речь врагов моих, — ответил он наконец, благоразумно сдерживая себя, трепещущим голосом. В то же самое время герой наш с беспокойством оглянулся на дверь. Дело в том, что господин Голядкин-младший был. по-видимому, в превосходном расположении духа и в готовности пуститься на разные шуточки, непозволительные в общественном месте и, вообще говоря, не допускаемые законами света, и преимущественно в обществе высокого тона.

— А, ну, в таком случае, как хотите, — серьезно возразил господин Голядкин-младший на мысль господина Голядкина-старшего, поставив свою опустелую чашку, выпитую им с неприличною жадностью, на стол. — Ну-с, мне с вами долго нечего, впрочем... Ну-с, каково-то вы теперь поживаете, Яков Петрович?

— Одно только могу сказать я вам, Яков Петрович, — хладнокровно и с достоинством отвечал наш герой, — врагом вашим я никогда не бывал.

— Гм... ну, а Петрушка? как бишь! Петрушка ведь, кажется? — ну, да! что, каков? хорошо? по-прежнему?

— И он тоже по-прежнему, Яков Петрович, — отвечал немного изумленный господин Голядкин-старший. — Я не знаю, Яков Петрович... с моей стороны... с благородной, с откровенной стороны, Яков Петрович, согласитесь сами, Яков Петрович...

— Да-с. Но вы сами знаете, Яков Петрович, — отвечал

тихим и выразительным голосом господин Голядкин-младший, фальшиво изображая собою, таким образом, грустного, полного раскаяния и сожаления достойного человека, — сами вы знаете, время наше тяжелое... Я на вас пошлюсь, Яков Петрович; человек вы умный и справедливо рассудите, — включил господин Голядкин-младший, подло льстя господину Голядкину-старшему. — Жизнь не игрушка, сами вы знаете, Яков Петрович, — многозначительно заключил господин Голядкин-младший, прикидываясь, таким образом, умным и ученым человеком, который может рассуждать о высоких предметах.

— С своей стороны, Яков Петрович, — с одушевлением отвечал наш герой, — с своей стороны, презирая окольным путем и говоря смело и откровенно, говоря языком прямым, благородным и поставив всё дело на благородную доску, скажу вам, могу открыто и благородно утверждать, Яков Петрович, что я чист совершенно и что, сами вы знаете, Яков Петрович, обоюдное заблуждение, — всё может быть, — суд света, мнение раболепной толпы... Я говорю откровенно, Яков Петрович, всё может быть. Еще скажу, Яков Петрович, если так судить, если с благородной и высокой точки зрения на дело смотреть, то смело скажу, без ложного стыда скажу, Яков Петрович, мне даже приятно будет открыть, что я заблуждался, мне даже приятно будет сознаться в том. Сами вы знаете, вы человек умный, а сверх того, благородный. Без стыда, без ложного стыда готов в этом сознаться... — с достоинством и благородством заключил наш герой.

— Рок, судьба! Яков Петрович... но оставим всё это, — со вздохом проговорил господин Голядкин-младший. — Употребим лучше краткие минуты нашей встречи на более полезный и приятный разговор, как следует между двумя сослуживцами... Право, мне как-то не удавалось с вами двух слов сказать во всё это время... В этом не я виноват, Яков Петрович...

— И не я, — с жаром перебил наш герой, — и не я! Сердце мое говорит мне, Яков Петрович, что не я виноват во всем этом. Будем обвинять судьбу во всем этом, Яков Петрович, — прибавил господин Голядкин-старший совершенно примирительным тоном. Голос его начинал мало-помалу слабеть и дрожать.

— Ну, что? как вообще ваше здоровье? — произнес заблудшийся сладким голосом.

— Немного покашливаю, — отвечал еще слаще герой наш.

— Берегитесь. Теперь всё такие поветрия, немудрено

113

схватить жабу, и я, признаюсь вам, начинаю уже кутаться во фланель.

— Действительно, Яков Петрович, немудрено схватить жабу-с... Яков Петрович! — произнес после кроткого молчания герой наш. — Яков Петрович! я вижу, что я заблуждался... Я с умилением вспоминаю о тех счастливых минутах, которые удалось нам провести вместе под бедным, но, смею сказать, радушным кровом моим...

— В письме вашем вы, впрочем, не то написали, — отчасти с укоризною проговорил совершенно справедливый (впрочем, единственно только в этом отношении совершенно справедливый) господин Голядкин-младший.

— Яков Петрович! я заблуждался... Ясно вижу теперь, что заблуждался и в этом несчастном письме моем. Яков Петрович, мне совестно смотреть на вас, Яков Петрович, вы не поверите... Дайте мне это письмо, чтоб разорвать его, в ваших же глазах, Яков Петрович, или если уж этого никак невозможно, то умоляю вас читать его наоборот, — совсем наоборот, то есть нарочно с намерением дружеским, давая обратный смысл всем словам письма моего. Я заблуждался. Простите меня, Яков Петрович, я совсем... я горестно заблуждался, Яков Петрович.

— Вы говорите? — довольно рассеянно и равнодушно спросил вероломный друг господина Голядкина-старшего.

— Я говорю, что я совсем заблуждался, Яков Петрович, и что с моей стороны я совершенно без ложного стыда...

— А, ну, хорошо! Это очень хорошо, что вы заблуждались, — грубо отвечал господин Голядкин-младший.

— У меня, Яков Петрович, даже идея была, — прибавил благородным образом откровенный герой наш, совершенно не замечая ужасного вероломства своего ложного друга, — у меня даже идея была, что, дескать, вот, создались два совершенно подобные...

— А! это ваша идея!..

Тут известный своею бесполезностью господин Голядкин-младший встал и схватился за шляпу. Всё еще не замечая обмана, встал и господин Голядкин-старший, простодушно и благородно улыбаясь своему лжеприятелю, стараясь, в невинности своей, его приласкать, ободрить и завязать с ним, таким образом, новую дружбу...

— Прощайте, ваше превосходительство! — вскрикнул вдруг господин Голядкин-младший. Герой наш вздрогнул, заметив в лице врага своего что-то даже вакхическое, — и, единственно чтоб только отвязаться, сунул в простертую ему руку безнравственного два пальца своей руки; но тут... тут бесстыдство господина Голядкина-младшего превзошло все ступени. Схватив два пальца руки господина Голядкина-старшего и сначала пожав их, недостойный тут же, в глазах же господина Голядкина, решился повторить свою утреннюю бесстыдную шутку. Мера человеческого терпения была истощена...

Он уже прятал платок, которым обтер свои пальцы, в карман, когда господин Голядкин-старший опомнился и ринулся вслед за ним в соседнюю комнату, куда, по скверной привычке своей, тотчас же поспешил улизнуть непримиримый враг его. Как будто ни в одном глазу, он стоял себе у прилавка, ел пирожки и преспокойно, как добродетельный человек, любезничал с немкой-кондитершей. "При дамах нельзя", — подумал герой наш и подошел тоже к прилавку, не помня себя от волнения.

— А ведь действительно бабенка-то недурна! Как вы думаете? — снова начал свои неприличные выходки господин Голядкин-младший, вероятно рассчитывая на бесконечное терпение господина Голядкина. Толстая же немка, с своей стороны, смотрела на обоих своих посетителей оловянно-бессмысленными глазами, очевидно не понимая русского языка и приветливо улыбаясь. Герой наш вспыхнул как огонь от слов не знающего стыда господина Голядкина-младшего и, не в силах владеть собою, бросился наконец на него с очевидным намерением растерзать его и повершить с ним, таким образом, окончательно; но господин Голядкин-младший, по подлому обыкновению своему, уже был далеко: он дал тягу, он уже был на крыльце. Само собой разумеется, что после первого мгновенного столбняка, естественно нашедшего на господина Голядкина-старшего, он опомнился и бросился со всех ног за обидчиком, который уже садился на поджидавшего его и, очевидно, во всем согласившегося с ним ваньку. Но в это самое мгновенье толстая немка, видя бегство двух посетителей, взвизгнула и позвонила что было силы в свой колокольчик. Герой наш почти на лету обернулся назад, бросил ей деньги за себя и за незаплатившего бесстыдного человека, не требуя сдачи, и, несмотря на то что промешкал, все-таки успел, хотя и опять на лету только, подхватить своего неприятеля. Уцепившись за крыло дрожек всеми данными ему природою средствами, герой наш несся некоторое время по улице, карабкаясь на экипаж, отстаиваемый из всех сил господином Голядкиным-младшим. Извозчик между тем и кнутом, и вожжой, и ногой, и словами понукал свою разбитую клячу, которая совсем неожиданно понеслась вскачь, закусив удила и лягаясь, по скверной привычке своей, задними ногами на каждом третьем шагу. Наконец наш герой успел-таки взмоститься на дрожки, лицом к своему неприятелю, спиной упираясь в извозчика, коленками в коленки бесстыдного, а правой рукой своей всеми средствами вцепившись в весьма скверный меховой воротник шинели развратного и ожесточеннейшего своего неприятеля...

Враги неслись и некоторое время молчали. Герой наш едва переводил дух; дорога была прескверная, и он подскакивал на каждом шагу с опасностию сломить себе шею. Сверх того, ожесточенный неприятель его всё еще не соглашался признать себя побежденным и старался спихнуть в грязь своего противника. К довершению всех неприятностей погода была ужаснейшая. Снег валил хлопьями и всячески старался, с своей стороны, каким-нибудь образом залезть под распахнувшуюся шинель настоящего господина Голядкина. Кругом было мутно и не видно ни зги. Трудно было отличить, куда и по каким улицам несутся они... Господину Голядкину показалось, что сбывается с ним что-то знакомое. Одно мгновение он старался припомнить, не предчувствовал ли он чего-нибудь вчера... во сне например... Наконец тоска его доросла до последней степени своей агонии. Налегши на беспощадного противника своего, он начал было кричать. Но крик его замирал у него на губах... Была минута, когда господин Голядкин всё позабыл и решил, что все это совсем ничего, и что это так только, как-нибудь, необъяснимым образом делается, и протестовать по этому случаю было бы лишним и совершенно потерянным делом... Но вдруг, и почти в то самое мгновение, как герой наш заключал это всё, какой-то неосторожный толчок переменил весь смысл дела. Господин Голядкин, как куль муки, свалился с дрожек и покатился куда-то, совершенно справедливо сознаваясь в минуту падения, что действительно и весьма некстати погорячился. Вскочив наконец, он увидел, что куда-то приехали; дрожки стояли среди чьего-то двора, и герой наш с первого взгляда заметил, что это двор того самого дома, в котором квартирует Олсуфий Иванович. В то же самое мгновение заметил он, что приятель его пробирается уже на крыльцо и, вероятно, к Олсуфью Ивановичу. В неописанной тоске своей бросился было он догонять своего неприятеля, но, к счастию своему, благоразумно одумался вовремя. Не забыв расплатиться с извозчиком, бросился господин Голядкин на улицу и побежал что есть мочи куда глаза глядят. Снег валил по-прежнему хлопьями; по-прежнему было мутно, мокро и темно. Герой наш не шел, а летел, опрокидывая всех на дороге, — мужиков, и баб, и детей, и сам в свою очередь отскакивая от баб, мужиков и детей. Кругом и вслед ему слышался пугливый говор, визг, крик... Но господин Голядкин, казалось, был без памяти и внимания ни на что не хотел обратить... Опомнился он, впрочем, уже у Семеновского моста, да и то по тому только случаю, что успел как-то неловко задеть и опрокинуть двух баб с их каким-то походным товаром, а вместе с тем и сам повалиться. "Это ничего, — подумал господин Голядкин, — всё это еще весьма может устроиться к лучшему", — и тут же полез в свой карман, желая отделаться рублем серебра за просыпанные пряники, яблоки, горох и разные разности. Вдруг новым светом озарило господина Голядкина; в кармане ощупал он письмо, переданное ему поутру писарем. Вспомнив, между прочим, что есть у него недалеко знакомый трактир, забежал он в трактир, не медля ни минуты пристроился к столику, освещенному сальною свечкою, и, не обращая ни на что внимания, не слушая полового, явившегося за приказаниями, сломал печать и начал читать нижеследующее, окончательно его поразившее:

"Благородный, за меня страдающий
и навеки милый сердцу моему человек!

Я страдаю, я погибаю, — спаси меня! Клеветник, интриган и известный бесполезностью своего направления человек опутал меня сетями своими, и я погибла! Я пала! Но он мне противен, а ты!.. Нас разлучали, мои письма к тебе перехватывали — и всё это сделал безнравственный, воспользовавшись одним своим лучшим качеством, — сходством с тобою. Во всяком же случае можно быть дурным собою, но пленять умом, сильным чувством и приятными манерами... Я погибаю! Меня отдают насильно, и всего более интригует здесь родитель, благодетель мой и статский советник Олсуфий Иванович, вероятно желая занять мое место и мои отношения в обществе высокого тона... Но я решилась и протестую всеми данными мне природою средствами. Жди меня с каретой своей сегодня, ровно в девять часов, у окон квартиры Олсуфия Ивановича. У нас опять бал и будет красивый поручик. Я выйду, и мы полетим. К тому же есть и другие служебные места, где еще можно приносить пользу отечеству. Во всяком случае вспомни, мой друг, что невинность сильна уже своею невинностью. Прощай. Жди с каретой у подъезда. Брошусь под защиту объятий твоих ровно в два часа пополуночи.

Твоя до гроба

Клара Олсуфьевна".

Прочтя письмо, герой наш остался на несколько минут как бы пораженный. В страшной тоске, в страшном волнении, бледный как платок, с письмом в руках, прошелся он несколько раз по комнате; к довершению бедствия своего положения, герой наш не заметил, что был в настоящую минуту предметом исключительного внимания всех находившихся в комнате. Вероятно, беспорядок костюма его, несдерживаемое волнение, ходьба или, лучше сказать, беготня, жестикуляция обеими руками, может быть, несколько загадочных слов, сказанных на ветер и в забывчивости, —вероятно, всё это весьма плохо зарекомендовало господина Голядкина в мнении всех посетителей; и даже сам половой начинал поглядывать на него подозрительно. Очнувшись, герой наш заметил, что стоит посреди комнаты и почти неприличным, невежливым образом смотрит на одного весьма почтенной наружности старичка, который, пообедав и помолясь перед образом богу, уселся опять и, с своей стороны, тоже не сводил глаз с господина Голядкина. Смутно оглянулся кругом наш герой и заметил, что все, решительно все смотрят на него с видом самым зловещим и подозрительным. Вдруг один отставной военный, с красным воротником, громко потребовал "Полицейские ведомости". Господин Голядкин вздрогнул и покраснел: как-то нечаянно опустил он глаза в землю и увидел, что был в таком неприличном костюме, в котором и у себя дома ему быть нельзя, не только в общественном месте. Сапоги, панталоны и весь левый бок его были совершенно в грязи, штрипка на правой ноге оторвана, а фрак даже разорван во многих местах. В неистощимой тоске своей подошел наш герой к столу, за которым читал, и увидел, что к нему подходит трактирный служитель с каким-то странным и дерзко-настоятельным выражением в лице. Потерявшись и опав совершенно, герой наш начал рассматривать стол, за которым стоял теперь. На столе стояли неубранные тарелки после чьего-то обеда, лежала замаранная салфетка и валялись только что бывшие в употреблении нож, вилка и ложка. "Кто ж это обедал? — подумал герой наш. — Неужели я? А всё может быть! Пообедал, да так и не заметил себе; как же мне быть?" Подняв глаза, господин Голядкин увидел опять подле себя полового, который собирался ему что-то сказать.

— Сколько с меня, братец? — спросил наш герой трепещущим голосом.

Громкий смех раздался кругом господина Голядкина; сам половой усмехнулся. Господин Голядкин понял, что и на этом срезался и сделал какую-то страшную глупость. Поняв всё это, он до того сконфузился, что принужден был полезть в карман за платком своим, вероятно чтобы что-нибудь сделать и так не стоять; но, к неописанному своему и всех окружавших его изумлению, вынул вместо платка стклянку с каким-то лекарством, дня четыре тому назад прописанным Крестьяном Ивановичем. "Медикаменты в той же аптеке", — пронеслось в голове господина Голядкина... Вдруг он вздрогнул и чуть не вскрикнул от ужаса. Новый свет проливался... Темная, красновато-отвратительная жидкость зловещим отсветом блеснула в глаза господину Голядкину... Пузырек выпал у него из рук и тут же разбился. Герой наш вскрикнул и отскочил шага на два назад от пролившейся жидкости... он дрожал всеми членами, и пот пробивался у него на висках и на лбу. "Стало быть, жизнь в опасности!" Между тем в комнате произошло движение, смятение; все окружали господина Голядкина, все говорили господину Голядкину, некоторые даже хватали господина Голядкина. Но герой наш был нем и недвижим, не видя ничего, не слыша ничего, не чувствуя ничего... Наконец, как будто с места сорвавшись, бросился он вон из трактира, растолкал всех и каждого из стремившихся удержать его, почти без чувств упал на первые попавшиеся ему извозчичьи дрожки и полетел на квартиру.

В сенях квартиры своей встретил он Михеева, сторожа департаментского, с казенным пакетом в руках. "Знаю, друг мой, всё знаю, — отвечал слабым, тоскливым голосом изнуренный герой наш, — это официальное..." В пакете действительно было предписание господину Голядкину, за подписью Андрея Филипповича, сдать находившиеся у него на руках дела Ивану Семеновичу. Взяв пакет и дав сторожу гривенник, господин Голядкин пришел в квартиру свою и увидел, что Петрушка готовит и собирает в одну кучу весь свой дрязг и хлам, все свои вещи, очевидно намереваясь оставить господина Голядкина и переехать от него к переманившей его Каролине Ивановне, чтоб заменить ей Евстафия.

Глава XII

Петрушка вошел, покачиваясь, держась как-то странно-небрежно и с какой-то холопски-торжественной миной в лице. Видно было, что он что-то задумал, чувствовал себя вполне в своем праве и смотрел совершенно посторонним человеком, то есть чьим-то другим служителем, но только никак не прежним служителем господина Голядкина.

— Ну, вот видишь, мой милый, — начал, задыхаясь, герой наш, — который теперь час, милый мой?

Петрушка молча отправился за перегородку, потом воротился и довольно независимым тоном объявил, что уж скоро половина восьмого.

— Ну, хорошо, мой милый, хорошо. Ну, видишь, мой милый... позволь тебе сказать, милый мой, что между нами, кажется, теперь кончено всё.

Петрушка молчал.

— Ну, теперь, как уж всё между нами кончилось, скажи ты мне теперь откровенно, как другу скажи, где ты был, братец?

— Где был? Между добрых людей-с.

— Знаю, мой друг, знаю. Я тобою был постоянно доволен, мой милый, и аттестат тебе дам... Ну, что же ты у них теперь?

— Что же, сударь! сами изволите знать-с. Известно-с, добрый человек худому тебя не научит.

— Знаю, мой милый, знаю. Нынче добрые люди редки, мой друг; цени их, мой друг. Ну, как же они?

— Известно-с, как-с... Только я у вас, сударь, больше служить теперь не могу-с; сами изволите знать-с.

— Знаю, милый мой, знаю; твою ревность и усердие знаю; я видел всё это, друг мой, я замечал. Я, мой друг, тебя уважаю. Я доброго и честного человека, будь он и лакей, уважаю.

— Что ж, известно-с! Наш брат, конечно, сами изволите знать-с, где лучше. Уж так оно-с. Что мне! Известно, сударь, что уж без доброго человека нельзя-с.

— Ну, хорошо, братец, хорошо; я это чувствую.. Ну вот твои деньги и вот твой аттестат. Теперь поцелуемся братец, простимся с тобою... Ну, теперь, милый мой, я у тебя попрошу одной услуги, последней услуги, — сказал господин Голядкин торжественным тоном. — Видишь ли, милый мой, всякое бывает. Горе, друг мой, кроется и в позлащенных палатах, и от него никуда не уйдешь. Ты знаешь, мой друг, я, кажется, с тобою всегда ласков был...

Петрушка молчал.

— Я, кажется, с тобой всегда ласков был, милый мой... Ну, сколько у нас теперь белья, милый мой?

— Да всё налицо-с. Рубашек холстинковых шесть-с; карпеток три пары; четыре манишки-с; фуфайка фланелевая; из нижнего платья две штуки-с. Сами знаете, всё-с. Я, сударь, вашего ничего-с... Я, сударь, барское добро берегу-с. Я вами, сударь, того-с... известно-с... а греха какого за мной — никогда, сударь; уж это сами знаете, сударь...

— Верю, друг мой, верю. Я не про то, мой друг, не про то; видишь ли, вот что, мой друг...

— Известно, сударь-с; уж это мы знаем-с. Я вот когда еще у генерала Столбнякова служил-с, так отпускали меня, уезжали сами в Саратов... вотчина там у них...

— Нет, мой друг, не про то; я ничего... ты не думай чего, милый друг мой...

— Известно-с. Что уж нашего брата-с, сами изволите знать-с, долго ли поклепать человека-с. А мною были довольны везде-с. Были министры, генералы, сенаторы, графы-с. Бывал у всех-с, у князя Свинчаткина-с, у Переборкина, полковника-с, у Недобарова, генерала, тоже ходили-с, в вотчину ездили к нашим-с. Известно-с...

— Да, мой друг, да; хорошо, мой друг, хорошо. Вот и я теперь, мой друг, уезжаю... Путь всякому разный лежит, милый мой, и неизвестно, на какую дорогу каждый человек попасть может. Ну, мой друг, дай же ты мне одеться теперь; да, ты вицмундир мой тоже положишь... брюки другие, простыни, одеяла, подушки...

— В узел прикажете всё завязать-с?

— Да, мой друг, да; пожалуй, и в узел... Кто знает, что может с нами случиться. Ну, теперь, милый мой, сходишь и приищешь карету...

— Карету-с?..

— Да, мой друг, карету, просторнее и на известное время. А ты, мой друг, не думай чего-нибудь...

— А далеко уезжать хотите-с?

— Не знаю, мой друг, этого тоже не знаю. Перину тоже, я думаю, туда же положить нужно будет. Как ты сам думаешь, друг мой? я на тебя полагаюсь, мой милый...

— Нешто сейчас изволите уезжать-с?

— Да, мой друг, да! Обстоятельство вышло такое... вот оно как, милый мой, вот оно как...

— Известно, сударь; вот у нас в полку с поручиком то же самое было-с; там у помещика-с... увезли-с...

121

— Увез?.. Как! милый мой, ты...

— Да-с, увезли-с и в другой усадьбе венчались. Всё было заране готово-с. Погоня была-с; князь тут только-с вступились, покойник-с, — ну, и уладили дело-с...

— Венчались, да... ты как же, мой милый? ты-то каким же образом, милый мой, знаешь?

— Да уж известно-с, что-с! Слухом земля, сударь, полнится. Знаем, сударь, мы всё-с... конечно, с кем же греха не бывало. Только я вам скажу теперь, сударь, позвольте мне попросту, сударь, по-холопски сказать; уж коль теперь на то пошло, так уж я вам скажу, сударь: есть у вас враг, — суперника вы, сударь, имеете, сильный суперник, вот-с...

— Знаю, мой друг, знаю; сам ты, милый мой, знаешь... Ну, так вот я на тебя полагаюсь. Как же нам теперь делать, мой друг? как ты мне посоветуешь?

— А вот, сударь, если вы так теперь, таким, примерно сказать, манером пошли, сударь, так вот вам понадобится там что покупать-с, — ну, там простыни, подушки, перину-другую-с, двуспальную-с, одеяло хорошее-с, — так вот здесь у соседки-с, внизу-с: мещанка, сударь, она; лисий салоп есть хороший; так можно его посмотреть и купить, можно сейчас сходить посмотреть-с. Оно же вам надобно, сударь, теперь-с; хороший салоп-с, атласом крытый-с, на лисьем меху-с...

— Ну, хорошо, мой друг, хорошо; я согласен, мой друг, я на тебя полагаюсь, вполне полагаюсь; пожалуй, хоть и салоп, милый мой... Только поскорей, поскорей! ради бога, поскорей! Я и салоп куплю, только, пожалуйста, поскорей! Скоро восемь часов, скорей, ради бога, мой друг! поторопись, поскорее, мой друг!..

Петрушка бросил недовязанный узел белья, подушек, одеяла, простынь и всякого дрязгу, что стал было вместе сбирать и увязывать, и стремглав бросился вон из комнаты. Господин Голядкин между тем схватился еще раз за письмо — но читать его он не мог. Схватив в обе руки свою победную голову, он в изумлении прислонился к стене. Думать ни о чем он не мог, делать что-нибудь тоже не мог; он и сам не знал, что с ним делается. Наконец, видя, что время проходит, а ни Петрушки, ни салопа еще не являлось, господин Голядкин решился пойти сам. Растворив дверь в сени, он услышал внизу шум, говор, спор и толки... Несколько соседок болтали, кричали, судили, рядили о чем-то, — уж это господин Голядкин знал, о чем именно. Слышался голос Петрушки; потом послышались чьи-то шаги. "Боже ты мой! Они сюда весь свет созовут!" — простонал господин Голядкин, ломая руки в отчаянии и бросаясь назад в свою комнату. Прибежаз в свою комнату, он упал, почти не помня себя, на диван, лицом в подушку. С минутку полежав таким образом, он вскочил и, не дожидаясь Петрушки, надел свои калоши, шляпу, шинель, захватил свой бумажник и побежал стремглав с лестницы. "Ничего не нужно, ничего, милый мой! я сам, я всё сам. Тебя покамест не нужно, а между тем дело, может быть, и уладится к лучшему", — пробормотал господин Голядкин Петрушке, встретив его на лестнице; потом выбежал на двор и вон из дому; сердце его замирало; он еще не решался... Как ему быть, что ему делать, как ему в настоящем и критическом случае поступить...

— Ведь вот: как поступить, господи бог мой? И нужно же было быть всему этому! — вскричал он наконец в отчаянии, куда глаза глядят, наудачу ковыляя по улице, — нужно же было быть всему этому! Ведь вот не будь этого, вот именно этого, так всё бы уладилось; разом, одним ударом, одним ловким, энергическим, твердым ударом уладилось бы. Палец даю на отсечение, что уладилось бы! И даже знаю, каким именно образом уладилось бы. Оно; бы вот как всё сделалось: я бы тут и того — дескать, так и так, а мне, сударь мой, с позволения сказать, ни туда ни сюда; дескать, дела так не делаются; дескать, сударь вы мой, милостивый мой государь, дела так не делаются и самозванством у нас не возьмешь; самозванец, сударь вы мой, человек, того — бесполезный и пользы отечеству не приносящий. Понимаете ли вы это? Дескать, понимаете ли вы это, милостивый мой государь?! Вот бы как оно и того...

Да нет, впрочем, что же... оно вовсе ведь не того, совсем не того... Я-то что вру, дурак дураком! я-то, самоубийца я этакой! Оно, дескать, самоубийца ты этакой, совсем не того... Вот, однако, развращенный ты человек, вот оно как теперь делается!.. Ну, куда я денусь теперь? ну, что я, например, буду делать теперь над собой? ну, куда я гожусь теперь? ну, куда ты, примером сказать, годишься теперь, Голядкин ты этакой, недостойный ты этакой! Ну, что теперь? карету брать нужно; возьми, дескать, да подай ей карету сюда; дескать, ножки замочим, если кареты не будет... И вот, кто бы подумать мог? Ай да барышня, ай, сударыня вы моя! ай да благонравного поведения девица! ай да хваленая наша. Отличились, сударыня, нечего сказать, отличились!.. А это всё происходит от безнравственности воспитания; а я, как теперь порассмотрел да пораскусил это всё, так и вижу, что это не от иного чего происходит, как от безнравственности. Чем бы смолоду ее, того... да и розгой подчас, а они ее конфетами, а они ее сластями разными пичкают, и сам старикашка нюнит над ней: дескать, ты такая моя да сякая моя, ты хорошая, дескать, за графа отдам тебя!.. А вот она и вышла у них и показала нам теперь свои карты; дескать, вот у нас игра какова! чем бы дома держать ее смолоду, а они ее в пансион, к мадам француженке, к эмигрантке Фальбала там какой-нибудь; а она там добру всякому учится у эмигрантки-то Фальбала, — вот оно и выходит таким-то всё образом. Дескать, подите, порадуйтесь! Дескать, будьте в карете вот в таком-то часу перед окнами и романс чувствительный по-испански пропойте; жду вас, и знаю, что любите, и убежим с вами вместе, и будем жить в хижине. Да, наконец, оно и нельзя; оно, сударыня вы моя, — если на то уж пошло, — так оно и нельзя, так оно и законами запрещено честную и невинную девицу из родительского дома увозить без согласия родителей! Да, наконец, и зачем, почему и какая тут надобность? Ну, вышла бы там себе за кого следует, за кого судьбой предназначено, так и дело с концом. А я человек служащий; а я место мое могу потерять из-за этого; я, сударыня вы моя, под суд могу попасть из-за этого! вот оно что! коль не знали. Это немка работает. Это от нее, ведьмы, всё происходит, все сыры-боры от нее загораются. Потому что оклеветали человека, потому что выдумали на него сплетню бабью, небылицу в лицах, по совету Андрея Филипповича, оттого и происходит Иначе почему же Петрушке тут вмешиваться? ему-то тут что? шельмецу-то какая тут надобность? Нет, я не могу, сударыня, никак не могу, ни за что не могу... А вы меня, сударыня, на этот раз уж как-нибудь там извините. Это от вас, сударыня, всё происходит, это не от немки всё происходит, вовсе не от ведьмы, а чисто от вас, потому что ведьма добрая женщина, потому что ведьма не виновата ни в чем, а вы, сударыня вы моя, виноваты, — вот оно как! Вы, сударыня, вы меня в напраслину вводите... Тут человек пропадает, тут сам от себя человек исчезает и самого себя не может сдержать, — какая тут свадьба! И как это кончится всё? и как это теперь устроится? Дорого бы я дал, чтоб узнать это всё!..

Так рассуждал в отчаянии своем наш герой. Очнувшись вдруг, заметил он, что где-то стоит на Литейной. Погода была ужасная: была оттепель, валил снег, шел дождь, — ну точь-в-точь как в то незабвенное время, когда, в страшный полночный час, начались все несчастия господина Голядкина. "Какой тут вояж! — думал господин Голядкин, смотря на погоду, — тут всеобщая смерть... Господи бог мой! ну где мне, например, здесь карету сыскать? Вон там на углу, кажется, что-то чернеется. Посмотрим, исследуем... Господи бог мой! — продолжал наш герой, направив слабые и шаткие шаги свои в ту сторону, где увидел что-то похожее на карету. — Нет, я вот как сделаю: отправлюсь, паду к ногам, если можно, униженно буду испрашивать. Дескать, так и так; в ваши руки судьбу свою предаю, в руки начальства; дескать, ваше превосходительство, защитите и облагодетельствуйте человека; так и так, дескать, вот то-то и то-то, противозаконный поступок; не погубите, принимаю вас за отца, не оставьте... амбицию, честь, имя и фамилию спасите... и от злодея, развращенного человека, спасите... Он другой человек, ваше превосходительство, а я тоже другой человек; он особо, и я тоже сам по себе; право, сам по себе, ваше превосходительство, право, сам по себе; дескать, вот оно как. Дескать, походить на него не могу; перемените, благоволите, велите переменить — и безбожный, самовольный подмен уничтожить... не в пример другим, ваше превосходительство. Принимаю вас за отца; начальство, конечно, благодетельное и попечительное начальство подобные движения должно поощрять... Тут есть даже несколько рыцарского. Дескать, принимаю вас, благодетельное начальство, за отца и вверяю судьбу свою и прекословить не буду, вверяюсь и сам отстраняюсь от дел... дескать, вот оно как!"

— Ну, что, мой милый, извозчик?

— Извозчик...

— Карету, брат, на вечер...

— А далеко ли ехать изволите-с?

— На вечер, на вечер; куда б ни пришлось, милый мой, куда б ни пришлось.

— Нешто за город ехать изволите?

— Да, мой друг, может, и за город. Я еще сам наверно не знаю, мой друг, не могу тебе наверно сказать, милый мой. Оно, видишь ли, милый мой, может быть, всё и уладится к лучшему. Известно, мой друг...

— Да, уж известно, сударь, конечно; дай бог всякому.

— Да, мой друг, да; благодарю тебя, милый мой; ну, что же ты возьмешь, милый мой?..

— Сейчас изволите ехать-с?

— Да, сейчас, то есть нет, подождешь в одном месте... так, немножко, недолго подождешь, милый мой...

— Да если уж на всё время берете-с, так уж меньше шести целковых, по погоде, нельзя-с...

— Ну, хорошо, мой друг, хорошо; а я тебя поблагодарю,

милый мой. Ну, так вот ты меня и повезешь теперь, милый мой.

— Садитесь; позвольте, вот я здесь оправлю маленько; извольте садиться теперь. Куда ехать прикажете?

— К Измайловскому мосту, мой друг.

Извозчик-кучер взгромоздился на козла и тронул было пару тощих кляч, которых насилу оторвал от корыта с сеном, к Измайловскому мосту. Но вдруг господин Голядкин дернул снурок, остановил карету и попросил умоляющим голосом поворотить назад, не к Измайловскому мосту, а в одну другую улицу. Кучер поворотил в другую улицу, и чрез десять минут новоприобретенный экипаж господина Голядкина остановился перед домом, в котором квартировал его превосходительство. Господин Голядкин вышел из кареты, попросил своего кучера убедительно подождать и сам взбежал с замирающим сердцем вверх, во второй этаж, дернул за снурок, дверь отворилась, и наш герой очутился в передней его превосходительства.

— Его превосходительство дома изволят быть? — спросил господин Голядкин, адресуясь таким образом к отворившему ему человеку.

— А вам чего-с? — спросил лакей, оглядывая с ног до головы господина Голядкина.

— А я, мой друг, того... Голядкин, чиновник, титулярный советник Голядкин. Дескать, так и так, объясниться...

— Обождите; нельзя-с...

— Друг мой, я не могу обождать: мое дело важное, не терпящее отлагательства дело...

— Да вы от кого? Вы с бумагами?..

— Нет, я, мой друг, сам по себе... Доложи, мой друг, дескать, так и так, объясниться. А я тебя поблагодарю, милый мой...

— Нельзя-с. Не велено принимать; у них гости-с. Пожалуйте утром в десять часов-с...

— Доложите же, милый мой; мне нельзя, невозможно мне ждать... Вы, милый мой, за это ответите...

— Да ступай, доложи; что тебе: сапогов жаль, что ли? — проговорил другой лакей, развалившийся на залавке и до сих пор не сказавший ни слова.

— Сапогов топтать! Не велел принимать, знаешь? Ихняя череда по утрам.

— Доложи. Язык, что ли, отвалится?

— Да я-то доложу: язык не отвалится. Не велел: сказано — не велел. Войдите в комнату-то.

Господин Голядкин вошел в первую комнату; на столе

стояли часы. Он взглянул: половина девятого. Сердце у него заныло в груди. Он было уже хотел воротиться; но в эту самую минуту долговязый лакей, став на пороге следующей комнаты, громко провозгласил фамилию господина Голядкина. "Эко ведь горло! — подумал в неописанной тоске наш герой... — Ну, сказал бы ты: того... дескать, так и так, покорнейше и смиренно пришел объясниться, — того... благоволите принять... А теперь вот и дело испорчено, вот и всё мое дело на ветер пошло; впрочем... да, ну — ничего..." Рассуждать, впрочем, нечего было. Лакей воротился, сказал "пожалуйте" и ввел господина Голядкина в кабинет.

Когда наш герой вошел, то почувствовал, что как будто ослеп, ибо решительно ничего не видал. Мелькнули, впрочем, две-три фигуры в глазах: "Ну, да это гости", — мелькнуло у господина Голядкина в голове. Наконец наш герой стал ясно отличать звезду на черном фраке его превосходительства, потом, сохраняя постепенность, перешел и к черному фраку, наконец получил способность полного созерцания...

— Что-с? — проговорил знакомый голос над господином Голядкиным.

— Титулярный советник Голядкин, ваше превосходительство. Ну?

— Пришел объясниться...

— Как?.. Что?..

— Да уж так. Дескать, так и так, пришел объясниться, ваше превосходительство-с...

— Да вы... да кто вы такой?..

— Го-го-господин Голядкин, ваше превосходительство, титулярный советник.

— Ну, так чего же вам нужно?

— Дескать, так и так, принимаю его за отца; сам отстраняюсь от дел, и от врага защитите, — вот как!

— Что такое?..

— Известно...

— Что известно?

Господин Голядкин молчал; подбородок его начинало понемногу подергивать...

— Ну?

— Я думал, рыцарское, ваше превосходительство... Что здесь, дескать, рыцарское, и начальника за отца принимаю... дескать, так и так, защитите, сле... слезно м...молю, и что такие дви...движения долж...но по...по...поощрять...

Его превосходительство отвернулся. Герой наш несколько мгновений не мог ничего разглядеть своими глазами. Грудь его

127

теснило. Дух занимался. Он не знал, где стоял... Было как-то стыдно и грустно ему. Бог знает, что было после... Очнувшись, герой наш заметил, что его превосходительство говорит с своими гостями и как будто резко и сильно рассуждает с ними о чем-то. Одного из гостей господин Голядкин тотчас узнал. Это был Андрей Филиппович; другого же нет; впрочем, лицо было как будто тоже знакомое, — высокая, плотная фигура, лет пожилых, одаренная весьма густыми бровями и бакенбардами и выразительным, резким взглядом. На шее незнакомца был орден, а во рту сигарка. Незнакомец курил и, не вынимая сигары изо рта, значительно кивал головою, взглядывая по временам на господина Голядкина. Господину Голядкину стало как-то неловко; он отвел свои глаза в сторону и тут же увидел еще одного весьма странного гостя. В дверях, которые герой наш принимал доселе за зеркало, как некогда тоже случилось с ним, появился он — известно кто, весьма короткий знакомый и друг господина

Голядкина. Господин Голядкин-младший действительно находился до сих пор в другой маленькой комнатке и что-то спешно писал; теперь, видно, понадобилось — и он явился, с бумагами под мышкой, подошел к его превосходительству и весьма ловко, в ожидании исключительного к своей особе внимания, успел втереться в разговор и совет, заняв свое место немного по-за спиной Андрея Филипповича и отчасти маскируясь незнакомцем, курящим сигарку. По-видимому, господин Голядкин-младший принимал крайнее участие в разговоре, который подслушивал теперь благородным образом, кивал головою, семенил ножками, улыбался, поминутно взглядывал на его превосходительство, как будто бы умолял взором, чтоб и ему тоже позволили ввернуть, свои полсловечка. "Подлец!" — подумал господин Голядкин и невольно ступил шаг вперед. В это время генерал оборотился и сам довольно нерешительно подошел к господину Голядкину.

— Ну, хорошо, хорошо; ступайте с богом. Я порассмотрю ваше дело, а вас велю проводить... — Тут генерал взглянул на незнакомца с густыми бакенбардами. Тот, в знак согласия, кивнул головою.

Господин Голядкин чувствовал и понимал ясно, что его принимают за что-то другое, а вовсе не так, как бы следовало. "Так или этак, а объясниться ведь нужно, — подумал он, — так и так, дескать, ваше превосходительство". Тут в недоумении своем опустил он глаза в землю и, к крайнему своему изумлению, увидел на сапогах его превосходительства значительное белое пятно. "Неужели лопнули?" — подумал господин Голядкин. Вскоре, однако ж, господин Голядкин открыл, что сапоги его превосходительства вовсе не лопнули, а только сильно отсвечивали, — феномен, совершенно объяснившийся тем, что сапоги были лакированные и сильно блестели. "Это называется блик, — подумал герой наш, — особенно же сохраняется это название в мастерских художников; в других же местах этот отсвет называется светлым ребром". Тут господин Голядкин поднял глаза и увидел, что пора говорить, потому что дело весьма могло повернуться к худому концу... Герой наш ступил шаг вперед.

— Дескать, так и так, ваше превосходительство, — сказал он, — а самозванством в наш век не возьмешь.

Генерал ничего не отвечал, а сильно позвонил за снурок колокольчика. Герой наш еще ступил шаг вперед.

— Он подлый и развращенный человек, ваше превосходительство, — сказал наш герой, не помня себя, замирая от страха и при всем том смело и решительно указывая на недостойного близнеца своего, семенившего в это мгновение около его превосходительства, — так и так, дескать, а я на известное лицо намекаю.

Последовало всеобщее движение за словами господина Голядкина. Андрей Филиппович и незнакомая фигура закивали своими головами; его превосходительство дергал в нетерпении из всех сил за снурок колокольчика, дозываясь людей. Тут господин Голядкин-младший выступил вперед в свою очередь.

— Ваше превосходительство, — сказал он, — униженно прошу позволения вашего говорить. — В голосе господина Голядкина-младшего было что-то крайне решительное; всё в нем показывало, что он чувствует себя совершенно в праве своем.

— Позвольте спросить вас, — начал он снова, предупреждая усердием своим ответ его превосходительства и обращаясь в этот раз к господину Голядкину, — позвольте спросить вас, в чьем присутствии вы так объясняетесь? перед кем вы стоите, в чьем кабинете находитесь?.. — Господин Голядкин-младший был весь в необыкновенном волнении, весь красный и пылающий от негодования и гнева; даже слезы в его глазах показались.

— Господа Бассаврюковы! — проревел во всё горло лакей, появившись в дверях кабинета. "Хорошая дворянская фамилья, выходцы из Малороссии", — подумал господин Голядкин и тут же почувствовал, что кто-то весьма дружеским образом налег ему одною рукою на спину; потом и другая рука налегла ему на спину; подлый близнец господина Голядкина юлил впереди, показывая дорогу, и герой наш ясно увидел, что его, кажется, направляют к большим дверям кабинета. "Точь-в-точь как у Олсуфия Ивановича", — подумал он и очутился в передней. Оглянувшись, он увидел подле себя двух лакеев его превосходительства и одного близнеца.

— Шинель, шинель, шинель, шинель друга моего! шинель моего лучшего друга! —защебетал развратный человек, вырывая из рук одного человека шинель и набрасывая ее, для подлой и неблагоприятной насмешки, прямо на голову господину Голядкину. Выбиваясь из-под шинели своей, господин Голядкин-старший ясно услышал смех двух лакеев. Но, не слушая ничего и не внимая ничему постороннему, он уж выходил из передней и очутился на освещенной лестнице. Господин Голядкин-младший — за ним.

— Прощайте, ваше превосходительство! — закричал он вслед господину Голядкину-старшему.

— Подлец! — проговорил вне себя наш герой.

— Ну, и подлец...

— Развратный человек!

— Ну, и развратный человек... — отвечал таким образом достойному господину Голядкину недостойный неприятель его и, по свойственной ему подлости, глядел с высоты лестницы, прямо и не смигнув глазом, в глаза господину Голядкину, как будто прося его продолжать. Герой наш плюнул от негодования и выбежал на крыльцо; он был так убит, что совершенно не помнил, кто и как посадил его в карету. Очнувшись, увидел он, что его везут по Фонтанке. "Стало быть, к Измайловскому мосту? — подумал господин Голядкин... Тут господину Голядкину захотелось еще о чем-то подумать, но нельзя было; а было что-то такое ужасное, чего и объяснить невозможно... — Ну, ничего!" — заключил наш герой и поехал к Измайловскому мосту.

Глава XIII

...Казалось, что погода хотела перемениться к лучшему. Действительно, мокрый снег, валивший доселе целыми тучами, начал мало-помалу редеть, редеть и наконец почти совсем перестал. Стало видно небо, и на нем там и сям заискрились звездочки. Было только мокро, грязно, сыро и удушливо, особенно для господина Голядкина, который и без того уже едва дух переводил. Вымокшая и отяжелевшая шинель его пронимала все его члены какою-то неприятно теплою сыростью и тяжестью своею подламывала и без того уже сильно ослабевшие ноги его. Какая-то лихорадочная дрожь гуляла острыми и едкими мурашками по всему его телу; изнеможение точило из него холодный болезненный пот, так что господин Голядкин позабыл уже при сем удобном случае повторить с свойственною ему твердостью и решимостью свою любимую фразу, что оно и всё-то авось, может быть, как-нибудь, наверное, непременно возьмет да и уладится к лучшему. "Впрочем, это всё еще ничего покамест", — прибавил крепкий и не унывающий духом герой наш, отирая с лица своего капли холодной воды, струившейся по всем направлениям с полей круглой и до того взмокшей шляпы его, что уже вода не держалась на ней. Прибавив, что это всё еще ничего, герой наш попробовал было присесть на довольно толстый деревянный обрубок, валявшийся возле кучи дров на дворе Олсуфья Ивановича. Конечно, об испанских серенадах и о шелковых лестницах нечего уже было думать; но об укромном уголке, хотя и не совсем теплом, но зато уютном и скрытном, нужно же было подумать. Сильно соблазнял его, мимоходом сказать, тот самый уголок в сенях квартиры Олсуфья Ивановича, где прежде еще, почти в начале сей правдивой истории, выстоял свои два часа наш герой, между шкафом и старыми ширмами, между всяким домашним и ненужным дрязгом, хламом и рухлядью. Дело в том, что и теперь господин Голядкин стоял и выжидал уже целые два часа на дворе Олсуфья Ивановича. Но относительно укромного и уютного прежнего уголка существовали теперь некоторые неудобства, прежде не существовавшие. Первое неудобство — то, что, вероятно, это место теперь замечено и приняты насчет его некоторые предохранительные меры со времени истории на последнем бале у Олсуфья Ивановича; а во-вторых, должно же было ждать условного знака от Клары Олсуфьевны, потому что непременно должен же был существовать какой-нибудь этакой знак условный. Так всегда делалось, и, "дескать, не нами началось, не нами и кончится". Господин Голядкин тут же, кстати, мимоходом припомнил какой-то роман, уже давно им прочитанный, где героиня подала условный знак Альфреду совершенно в подобном же обстоятельстве, привязав к окну розовую ленточку. Но розовая ленточка теперь, ночью, и при санкт-петербургском климате, известном своею сыростью и ненадежностию, в дело идти не могла и, одним словом, была совсем невозможна. "Нет, тут не до шелковых лестниц, — подумал герой наш, — а я лучше здесь так себе, укромно и втихомолочку... я лучше вот, например, здесь стану", — и выбрал местечко на дворе, против самых окон, около кучи складенных дров. Конечно, на дворе ходило много посторонних людей, форейторов, кучеров; к тому же стучали колеса и фыркали лошади и т. д.; но все-таки место было удобное: заметят ли, не заметят ли, а теперь по крайней мере выгода та, что дело происходит некоторым образом в тени и господина Голядкина не видит никто; сам же он мог видеть решительно всё. Окна были сильно освещены; был какой-то торжественный съезд у Олсуфья Ивановича. Музыки, впрочем, еще не было слышно. "Стало быть, это не бал, а так, по какому-нибудь другому случаю съехались, — думал, отчасти замирая, герой наш. — Да сегодня ли, впрочем? — пронеслось в его голове. — Не ошибка ли в числе? Может быть, всё может быть... Оно вот это как может быть всё... Оно еще, может быть, вчера было письмо-то написано, а ко мне не дошло, и потому не дошло, что Петрушка сюда замешался, шельмец он такой! Или завтра написано, то есть, что я... что завтра нужно было всё сделать, то есть с каретой-то ждать..." Тут герой наш похолодел окончательно и полез в свой карман за письмом, чтоб справиться. Но письма, к удивлению его, не оказалось в кармане. "Как же это? — прошептал полумертвый господин Голядкин, — где же это я оставил его? Стало быть, я его потерял? — этого еще недоставало! — простонал он наконец в заключение. — Ну, если оно в недобрые руки теперь попадет? (Да, может, попало уже!) Господи! что из этого воспоследует! Будет такое, что уж... Ах ты, судьба ты моя ненавистная!" Тут господин Голядкин как лист задрожал при мысли, что, может быть, неблагопристойный близнец его, набрасывая ему шинель на голову, имел именно целью похитить письмо, о котором как-нибудь там пронюхал от врагов господина Голядкина. "К тому же он перехватывает, — подумал герой наш, — доказательством же... да что доказательством!.." После первого припадка и столбняка ужаса кровь бросилась в голову господина Голядкина. Со стоном и скрежеща зубами, схватил он себя за горячую голову, опустился на свой обрубок и начал думать о чем-то... Но мысли как-то ни о чем не вязались в его голове. Мелькали какие-то лица, припоминались, то неясно, то резко, какие-то давно забытые происшествия, лезли в голову какие-то мотивы каких-то глупых песен... Тоска, тоска была неестественная! "Боже мой! Боже мой! — подумал, несколько очнувшись, герой наш, подавляя глухое рыдание в груди, — подай мне твердость духа в неистощимой глубине моих бедствий! Что пропал я, исчез совершенно — в этом уж нет никакого сомнения, и это всё в порядке вещей, ибо и быть не может никаким другим образом. Во-первых, я места лишился, непременно лишился, никак не мог не лишиться... Ну, да положим, оно и уладится как-нибудь там. Деньжонок же моих, положим, и достанет на первый раз; там — квартиренку другую какую-нибудь, мёбелишки какой-нибудь нужно же... Петрушки же, во-первых, не будет со мной. Я могу и без шельмеца... этак от жильцов; ну, хорошо! И входишь и уходишь, когда мне угодно, да и Петрушка не будет ворчать, что поздно приходишь, — вот оно как; вот почему от жильцов хорошо... Ну, да положим, это всё хорошо; только как же я всё не про то говорю, вовсе не про то говорю?" Тут мысль о настоящем положении опять озарила память господина Голядкина. Он оглянулся кругом. "Ах ты, господи бог мой! Господи бог мой! да о чем же это я теперь говорю?" — подумал он, растерявшись совсем и хватая себя за свою горячую голову...

— Нешто скоро, сударь, изволите ехать? — произнес голос над господином Голядкиным. Господин Голядкин вздрогнул; но перед ним стоял его извозчик, тоже весь до нитки измокший и продрогший, от нетерпения и от нечего делать вздумавший заглянуть к господину Голядкину за дрова.

— Я, мой друг, ничего... я, мой друг, скоро, очень скоро, а ты подожди...

Извозчик ушел, ворча себе под нос. "Об чем же он это ворчит? — думал сквозь слезы господин Голядкин. — Ведь я его нанял же на вечер, ведь я, того... в своем праве теперь... вот оно как! на вечер нанял, так и дело с концом. Хоть и так простоишь, всё равно. Всё в моей воле. Волен ехать и волен не ехать. И что вот здесь за дровами стою, так и это совсем ничего... и не смеешь ничего говорить; дескать, барину хочется за дровами стоять, вот он и стоит за дровами... и чести ничьей не марает, —

вот оно как! Вот оно как, сударыня вы моя, если только это вам хочется знать. А в хижине, сударыня вы моя, дескать, так и так, в наш век никто не живет. Оно вот что! А без благонравия в наш промышленный век, сударыня вы моя, не возьмешь, чему сами теперь служите пагубным примером... Дескать, повытчиком нужно служить и в хижине жить, на морском берегу. Во-первых, сударыня вы моя, на морских берегах нет повытчиков, а во-вторых, и достать его нам с вами нельзя, повытчика-то. Ибо, положим, примерно сказать, вот я просьбу подаю, являюсь — дескать, так и так, в повытчики, дескать, того... и от врага защитите... а вам скажут, сударыня, дескать, того... повытчиков много и что вы здесь не у эмигрантки Фальбала, где вы благонравию учились, чему сами служите пагубным примером. Благонравие же, сударыня, значит дома сидеть, отца уважать и не думать о женишках прежде времени. Женишки же, сударыня, в свое время найдутся, — вот оно как! Конечно, разным талантам, бесспорно, нужно уметь, как-то: на фортепьянах иногда поиграть, по-французски говорить, истории, географии, закону божию и арифметике, — вот оно как! — а больше не нужно. К тому же и кухня; непременно в область ведения всякой благонравной девицы должна входить кухня! А то что тут? во-первых, красавица вы моя, милостивая моя государыня, вас не пустят, а пустят за вами погоню, и потом под сюркуп, в монастырь. Тогда что, сударыня вы моя? тогда мне-то что делать прикажете? прикажете мне, сударыня вы моя, следуя некоторым глупым романам, на ближний холм приходить и таять в слезах, смотря на хладные стены вашего заключения, и наконец умереть, следуя привычке некоторых скверных немецких поэтов и романистов, так ли, сударыня? Да, во-первых, позвольте сказать вам по-дружески, что дела так не делаются, а во-вторых, и вас, да и родителей-то ваших посек бы препорядочно за то, что французские-то книжки вам давали читать; ибо французские книжки добру не научат. Там яд... яд тлетворный, сударыня вы моя! Или вы думаете, позвольте спросить вас, или вы думаете, что, дескать, так и так, убежим безнаказанно, да и того... дескать, хижинку вам на берегу моря; да и ворковать начнем и об чувствах разных рассуждать, да так и всю жизнь проведем, в довольстве и счастии; да потом заведется птенец, так мы и того... дескать, так и так, родитель наш и статский советник, Олсуфий Иванович, вот, дескать, птенец завелся, так вы по сему удобному случаю снимите проклятие да благословите чету? Нет, сударыня, и опять-таки дела так не делаются, и первое дело то, что воркования не будет, не извольте надеяться. Нынче муж, сударыня вы моя, господин, и добрая, благовоспитанная жена должна во всем угождать ему. А нежностей, сударыня, нынче не любят, в наш промышленный век; дескать, прошли времена Жан-Жака Руссо. Муж, например, нынче приходит голодный из должности, — дескать, душенька, нет ли чего закусить, водочки выпить, селедочки съесть? так у вас, сударыня, должны быть сейчас наготове и водочка, и селедочка. Муж закусит себе с аппетитом, да на вас и не взглянет, а скажет: поди-тка, дескать, на кухню, котеночек, да присмотри за обедом, да разве-разве в неделю разок поцелует, да и то равнодушно... Вот оно как по-нашему-то, сударыня вы моя! да и то, дескать, равнодушно!.. Вот оно как будет, если так рассуждать, если уж на то пошло, что таким-то вот образом начать на дело смотреть... Да и я-то тут что? меня-то, сударыня, в ваши капризы зачем подмешали? "Дескать, благодетельный, за меня страждущий и всячески милый сердцу моему человек и так далее". Да, во-первых, я, сударыня вы моя, я для вас не гожусь, сами знаете, комплиментам не мастер, дамские там разные раздушенные пустячки говорить не люблю, селадонов не жалую, да и фигурою, признаться, не взял. Ложного-то хвастовства и стыда вы в нас не найдете, а признаемся вам теперь во всей искренности. Дескать, вот оно как, обладаем лишь прямым и открытым характером да здравым рассудком; интригами не занимаемся. Не интригант, дескать, и этим горжусь, — вот оно как!.. Хожу без маски между добрых людей и, чтоб всё вам сказать..."

Вдруг господин Голядкин вздрогнул. Рыжая и взмокшая окончательно борода его кучера опять глянула к нему за дрова...

— Я сейчас, мой друг; я, мой друг, знаешь, тотчас; я, мой друг, тотчас же, — отвечал господин Голядкин трепещущим и изнывающим голосом.

Кучер почесал в затылке, потом погладил свою бороду, потом шагнул шаг вперед... остановился и недоверчиво взглянул на господина Голядкина.

— Я сейчас, мой друг; я, видишь... мой друг... я немножко, я, видишь, мой друг, только секундочку здесь... видишь, мой друг...

— Нешто совсем не поедете? — сказал наконец кучер, решительно и окончательно приступая к господину Голядкину...

— Нет, мой друг, я сейчас. Я, видишь, мой друг, дожидаюсь...

135

— Так-с...

— Я, видишь, мой друг... ты из какой деревни, мой милый?

— Мы господские...

— И добрых господ?..

— Нешто?...

— Да, мой друг; ты постой здесь, мой друг Ты, видишь, мой друг, ты давно в Петербурге?

— Да уж год езжу...

— И хорошо тебе, друг мой?

— Нешто?.

— Да, мой друг, да. Благодари провидение, мой друг Ты, мой друг, доброго человека ищи. Нынче добрые люди стали редки, мой милый; он обмоет, накормит и напоит тебя, милый мой, добрый-то человек... А иногда ты видишь, что и через золото слезы льются, мой друг... видишь плачевный пример; вот оно как, милый мой...

Извозчику как будто стало жалко господина Голядкина.

— Да извольте, я подожду-с. Нешто долго ждать будете-с?

— Нет, мой друг, нет; я уж, знаешь, того... я уж не буду ждать, милый мой. Как ты думаешь, друг мой? Я на тебя полагаюсь. Я уж не буду здесь ждать...

— Нешто совсем не поедете?

— Нет, мой друг; нет, а я тебя поблагодарю, милый мой... вот оно как. Тебе сколько следует, милый мой?

— Да уж за что рядились, сударь, то и пожалуете. Ждал, сударь, долго; уж вы человека не обидите, сударь.

— Ну, вот тебе, милый мой, вот тебе. — Тут господин Голядкин отдал все шесть рублей серебром извозчику и, серьезно решившись не терять более времени, то есть уйти подобру-поздорову, тем более что уже окончательно решено было дело и извозчик отпущен был и, следовательно, ждать более нечего, пустился со двора, вышел за ворота, поворотил налево и без оглядки, задыхаясь и радуясь, пустился бежать. "Оно, может быть, и всё устроится к лучшему, — думал он, — а я вот таким-то образом беды избежал". Действительно, как-то вдруг стало необыкновенно легко в душе господина Голядкина. "Ах, кабы устроилось к лучшему! — подумал герой наш, сам, впрочем, мало себе на слово веря. — Вот я и того... — думал он. — Нет, я лучше вот так, и с другой стороны... Или лучше вот этак мне сделать?.." Таким-то образом сомневаясь и ища ключа и разрешения сомнений своих, герой наш добежал до Семеновского моста, а добежав до Семеновского моста, благоразумно и окончательно положил воротиться. "Оно и лучше, — подумал он. — Я лучше с другой стороны, то есть вот как. Я буду так — наблюдателем посторонним буду, да и дело с концом; дескать, я наблюдатель, лицо постороннее — и только, а там, что ни случись, — не я виноват Вот оно как! Вот оно таким-то образом и будет теперь".

Положив воротиться, герой наш действительно воротился, тем более что, по счастливой мысли своей, ставил себя теперь лицом совсем посторонним. "Оно же и лучше: и не отвечаешь ни за что, да и увидишь, что следовало... вот оно как!" То есть расчет был вернейший, да и дело с концом. Успокоившись, забрался он опять под мирную сень своей успокоительной и охранительной кучи дров и внимательно стал смотреть на окна. В этот раз смотреть и дожидаться пришлось ему недолго. Вдруг, во всех окнах разом, обнаружилось какое-то странное движение, замелькали фигуры, открылись занавесы, целые группы людей толпились в окнах Олсуфия Ивановича, все искали и выглядывали чего-то на дворе. Обеспеченный своею кучею дров, герой наш тоже в свою очередь с любопытством стал следить за всеобщим движением и с участием вытягивать направо и налево свою голову, сколько по крайней мере позволяла ему короткая тень от дровяной кучи, его прикрывавшая. Вдруг он оторопел, вздрогнул и едва не присел на месте от ужаса. Ему показалось, — одним словом, он догадался вполне, — что искали-то не что-нибудь и не кого-нибудь: искали просто его, господина Голядкина. Все смотрят в его сторону, все указывают в его сторону Бежать было невозможно: увидят... Оторопевший господин Голядкин прижался как можно плотнее к дровам и тут только заметил, что предательская тень изменяла, что прикрывала она не всего его. С величайшим удовольствием согласился бы наш герой пролезть теперь в какую-нибудь мышиную щелочку между дровами, да там и сидеть себе смирно, если б только это было возможно. Но было решительно невозможно. В агонии своей он стал наконец решительно и прямо смотреть на все окна разом; оно же и лучше... И вдруг сгорел со стыда окончательно. Его совершенно заметили, все разом заметили, все манят его руками, все кивают ему головами, все зовут его; вот щелкнуло и отворилось несколько форточек; несколько голосов разом что-то начали кричать ему... "Удивляюсь, как этих девчонок не секут еще с детства", — бормотал про себя наш герой, совсем потерявшись. Вдруг с крыльца сбежал он (известно кто), в одном вицмундире, без шляпы, запыхавшись, юля, семеня и подпрыгивая, вероломно изъявляя ужаснейшую радость о том, что увидел наконец господина Голядкина.

— Яков Петрович, — защебетал известный своей

бесполезностью человек, — Яков Петрович, вы здесь? Вы простудитесь. Здесь холодно, Яков Петрович. Пожалуйте в комнату.

— Яков Петрович! Нет-с, я ничего, Яков Петрович, — покорным голосом пробормотал наш герой.

— Нет-с, нельзя, Яков Петрович: просят, покорнейше просят, ждут нас. "Осчастливьте, дескать, и приведите сюда Якова Петровича". Вот как-с.

— Нет, Яков Петрович; я, видите ли, я бы лучше сделал... Мне бы лучше домой пойти, Яков Петрович... — говорил наш герой, горя на мелком огне и замерзая от стыда и ужаса, всё в одно время.

— Ни-ни-ни-ни! — защебетал отвратительный человек. — Ни-ни-ни, ни за что! Идем! — сказал он решительно и потащил к крыльцу господина Голядкина-старшего. Господин Голядкин-старший хотел было вовсе не идти, но так как смотрели все и сопротивляться и упираться было бы глупо, то герой наш пошел, — впрочем, нельзя сказать, чтобы пошел, потому что решительно сам не знал, что с ним делается. Да уж так ничего, заодно!

Прежде нежели герой наш успел кое-как оправиться и опомниться, очутился он в зале. Он был бледен, растрепан, растерзан, мутными глазами окинул он всю толпу, — ужас! Зала, все комнаты — всё, всё было полным-полнехонько. Людей было бездна, дам целая оранжерея; все это теснилось около господина Голядкина, всё это стремилось к господину Голядкину, всё это выносило на плечах своих господина Голядкина, весьма ясно заметившего, что его упирают в какую-то сторону. "Ведь не к дверям", — пронеслось в голове господина Голядкина. Действительно, упирали его не к дверям, а прямо к покойным креслам Олсуфия Ивановича. Возле кресел с одной стороны стояла Клара Олсуфьевна, бледная, томная, грустная, впрочем пышно убранная. Особенно бросились в глаза господину Голядкину маленькие беленькие цветочки в ее черных волосах, что составляло превосходный эффект. С другой стороны кресел держался Владимир Семенович, в черно" фраке, с новым своим орденом в петличке. Господина Голядкина вели под руки, и, как сказано было выше, прямо на Олсуфия Ивановича, — с одной стороны господин Голядкин-младший, принявший на себя вид чрезвычайно благопристойный и благонамеренный, чему наш герой донельзя обрадовался, с другой же стороны руководил его Андрей Филиппович с самой торжественной миной в лице. "Что бы это?" — подумал господин Голядкин. Когда же он увидал, что ведут его к Олсуфию Ивановичу, то его вдруг как будто молнией озарило. Мысль о перехваченном письме мелькнула в голове его. В неистощимой агонии предстал наш герой перед кресла Олсуфия Ивановича. "Как мне теперь? — подумал он про себя. — Разумеется, этак всё на смелую ногу, то есть с откровенностью, не лишенною благородства; дескать, так и так и так далее". Но чего боялся, по-видимому, герой наш, то и не случилось. Олсуфий Иванович принял, кажется, весьма хорошо господина Голядкина и, хотя не протянул ему руки своей, но по крайней мере, смотря на него, покачал своею седовласою и внушающею всякое уважение головою, — покачал с каким-то торжественно-печальным, но вместе с тем благосклонным видом. Так по крайней мере показалось господину Голядкину. Ему показалось даже, что слеза блеснула в тусклых взорах Олсуфия Ивановича; он поднял глаза и увидел, что и на ресницах Клары Олсуфьевны, тут же стоявшей, тоже как будто блеснула слезинка, — что и в глазах Владимира Семеновича тоже как будто бы было что-то подобное, — что, наконец, ненарушимое и спокойное достоинство Андрея Филипповича тоже стоило общего слезящегося участия, — что, наконец, юноша, когда-то весьма походивший на важного советника, уже горько рыдал, пользуясь настоящей минутой... Или это всё, может быть, только так показалось господину Голядкину, потому что он сам весьма прослезился и ясно слышал, как текли его горячие слезы по его холодным щекам... Голосом, полным рыданий, примиренный с людьми и судьбою и крайне любя в настоящее мгновение не только Олсуфия Ивановича, не только всех гостей, взятых вместе, но даже и зловредного близнеца своего, который теперь, по-видимому, вовсе был не зловредным и даже не близнецом господину Голядкину, но совершенно посторонним и крайне любезным самим по себе человеком, обратился было наш герой к Олсуфию Ивановичу с трогательным излиянием души своей; но от полноты всего, в нем накопившегося, не мог ровно ничего объяснить, а только весьма красноречивым жестом молча указал на свое сердце... Наконец Андрей Филиппович, вероятно желая пощадить чувствительность седовласого старца, отвел господина Голядкина немного в сторону и оставил его, впрочем, кажется, в совершенно независимом положении. Улыбаясь, что-то бормоча себе под нос, немного недоумевая, но во всяком случае почти совершенно примиренный с людьми и судьбою, начал пробираться наш герой куда-то сквозь густую массу гостей. Все ему давали дорогу, все смотрели на него с каким-то странным любопытством и с каким-то необъяснимым, загадочным участием. Герой наш прошел в другую комнату — то же внимание везде; он глухо слышал, как целая толпа теснилась по следам его, как замечали его каждый шаг, как втихомолку все между собою толковали о чем-то весьма занимательном, качали головами, говорили, судили, рядили и шептались. Господину Голядкину весьма бы хотелось узнать, о чем они все так судят, и рядят, и шепчутся. Оглянувшись, герой наш заметил подле себя господина Голядкина-младшего. Почувствовав необходимость схватить его руку и отвести его в сторону, господин Голядкин убедительнейше попросил другого Якова Петровича содействовать ему при всех будущих начинаниях и не оставлять его в критическом случае. Господин Голядкин-младший важно кивнул головою и крепко сжал руку господина Голядкина-старшего. Сердце затрепетало от избытка чувств в груди героя нашего. Впрочем, он задыхался, он чувствовал, что его так теснит, теснит; что все эти глаза, на него обращенные, как-то гнетут и давят его... Господин Голядкин увидал мимоходом того советника, который носил парик на голове. Советник глядел на него строгим, испытующим взглядом, вовсе не смягченным от всеобщего участия... Герой наш решился было идти к нему прямо, чтоб улыбнуться ему и немедленно с ним объясниться; но дело как-то не удалось. На одно мгновение господин Голядкин почти забылся совсем, потерял и память, и чувства... Очнувшись, заметил он, что вертится в широком кругу его обступивших гостей. Вдруг из другой комнаты крикнули господина Голядкина; крик разом пронесся по всей толпе. Всё заволновалось, всё зашумело, все ринулись к дверям первой залы; героя нашего почти вынесли на руках, причем твердосердый советник в парике очутился бок о бок с господином Голядкиным. Наконец он взял его за руку и посадил возле себя, напротив седалища Олсуфия Ивановича, в довольно значительном, впрочем, от него расстоянии. Все, кто ни были в комнатах, все уселись в нескольких рядах кругом господина Голядкина и Олсуфия Ивановича. Всё затихло и присмирело, все наблюдали торжественное молчание, все взглядывали на Олсуфия Ивановича, очевидно ожидая чего-то не совсем обыкновенного. Господин Голядкин заметил, что возле кресел Олсуфия Ивановича, и тоже прямо против советника, поместился другой господин Голядкин с Андреем Филипповичем. Молчание длилось; чего-то действительно ожидали. "Точь-в-точь как в семье какой-нибудь, при отъезде кого-нибудь в дальний путь; стоит только встать да помолиться теперь". — подумал герой наш. Вдруг обнаружилось необыкновенное движение и прервало все раз мышления господина Голядкина. Случилось что-то давно ожидаемое. "Едет, едет!" — пронеслось по толпе. "Кто это едет?" — пронеслось в голове господина Голядкина, и он вздрогнул от какого-то странного ощущения. "Пора!" — сказал советник, внимательно посмотрев на Андрея Филипповича. Андрей Филиппович, с своей стороны, взглянул на Олсуфия Ивановича. Важно и торжественно кивнул головой Олсуфий Иванович. "Встанем", — проговорил советник, подымая господина Голядкина. Все встали. Тогда советник взял за руку господина Голядкина-старшего, а Андрей Филиппович господина Голядкина-младшего, и оба торжественно свели двух совершенно подобных среди обставшей их кругом и устремившейся в ожидании толпы. Герой наш с недоумением осмотрелся кругом, но его тотчас остановили и указали ему на господина Голядкина-младшего, который протянул ему руку. "Это мирить нас хотят", —подумал герой наш и с умилением протянул свою руку господину Голядкину-младшему; потом, потом протянул к нему свою голову. То же сделал и другой господин Голядкин... Тут господину Голядкину-старшему показалось, что вероломный друг его улыбается, что бегло и плутовски мигнул всей окружавшей их толпе, что есть что-то зловещее в лице неблагопристойного господина Голядкина-младшего, что даже он отпустил гримасу какую-то в минуту иудина своего поцелуя... В голове зазвонило у господина Голядкина, в глазах потемнело; ему показалось, что бездна, целая вереница совершенно подобных Голядкиных с шумом вламываются во все двери комнаты; но было поздно... Звонкий предательский поцелуй раздался, и...

Тут случилось совсем неожиданное обстоятельство... Двери в залу растворились с шумом, и на пороге показался человек, которого один вид оледенил господина Голядкина. Ноги его приросли к земле. Крик замер в его стесненной груди. Впрочем, господин Голядкин знал всё заранее и давно уже предчувствовал что-то подобное. Незнакомец важно и торжественно приближался к господину Голядкину... Господин Голядкин эту фигуру очень хорошо знал. Он ее видел, очень часто видал, еще сегодня видел... Незнакомец был высокий, плотный человек, в черном фраке, с значительным крестом на шее и одаренный густыми, весьма черными бакенбардами; недоставало только сигарки во рту для дальнейшего сходства... Зато взгляд незнакомца, как уже сказано было, оледенил ужасом господина Голядкина. С важной и торжественной миной подошел страшный человек к плачевному герою повести нашей... Герой наш протянул ему руку; незнакомец взял его руку и потащил за собою... С потерянным, с убитым лицом оглянулся кругом наш герой...

— Это, это Крестьян Иванович Рутеншпиц, доктор медицины и хирургии, ваш давнишний знакомец, Яков Петрович! — защебетал чей-то противный голос под самым ухом господина Голядкина. Он оглянулся: то был отвратительный подлыми качествами души своей близнец господина Голядкина. Неблагопристойная, зловещая радость сияла в лице его; с восторгом он тер свои руки, с восторгом повертывал кругом свою голову, с восторгом семенил кругом всех и каждого; казалось, готов был тут же начать танцевать от восторга; наконец он прыгнул вперед, выхватил свечку у одного из слуг и пошел вперед, освещая дорогу господину Голядкину и Крестьяну Ивановичу. Господин Голядкин слышал ясно, как всё, что ни было в зале, ринулось вслед за ним, как все теснились, давили друг друга и все вместе, в голос, начинали повторять за господином Голядкиным: "что это ничего; что не бойтесь, Яков Петрович, что это ведь старинный друг и знакомец ваш, Крестьян Иванович Рутеншпиц..." Наконец вышли на парадную, ярко освещенную лестницу; на лестнице была тоже куча народа; с шумом растворились двери на крыльцо, и господин Голядкин очутился на крыльце вместе с Крестьяном Ивановичем. У подъезда стояла карета, запряженная четверней лошадей, которые фыркали от нетерпения. Злорадственный господин Голядкин-младший в три прыжка сбежал с лестницы и сам отворил карету. Крестьян Иванович увещательным жестом попросил садиться господина Голядкина. Впрочем, увещательного жеста было вовсе не нужно; было довольно народу подсаживать... Замирая от ужаса, оглянулся господин Голядкин назад; вся ярко освещенная лестница была унизана народом; любопытные глаза глядели на него отовсюду; сам Олсуфий Иванович председал на самой верхней площадке лестницы, в своих покойных креслах, и внимательно, с сильным участием, смотрел на всё совершавшееся. Все ждали. Ропот нетерпения пробежал по толпе, когда господин Голядкин оглянулся назад.

— Я надеюсь, что здесь нет ничего... ничего предосудительного... или могущего возбудить строгость... и внимание всех касательно официальных отношений моих? — проговорил, потерявшись, герой наш. Говор и шум поднялся кругом; все отрицательно закивали головами своими. Слезы брызнули из глаз господина Голядкина.

— В таком случае, я готов... я вверяюсь вполне... и вручаю судьбу мою Крестьяну Ивановичу...

Только что проговорил господин Голядкин, что он вручает вполне свою судьбу Крестьяну Ивановичу, как страшный, оглушительный, радостный крик вырвался у всех окружающих его и самым зловещим откликом прокатился по всей ожидавшей толпе. Тут Крестьян Иванович с одной стороны, а с другой — Андрей Филиппович взяли под руки господина Голядкина и стали сажать в карету; двойник же, по подленькому обыкновению своему, подсаживал сзади. Несчастный господин Голядкин-старший бросил свой последний взгляд на всех и на всё и, дрожа, как котенок, которого окатили холодной водой, — если позволят сравнение, — влез в карету; за ним тотчас же сел и Крестьян Иванович. Карета захлопнулась; послышался удар кнута по лошадям, лошади рванули экипаж с места... все ринулось вслед за господином Голядкиным. Пронзительные, неистовые крики всех врагов его покатились ему вслед в виде напутствия. Некоторое время еще мелькали кое-какие лица кругом кареты, уносившей господина Голядкина; но мало-помалу стали отставать-отставать и наконец исчезли совсем. Долее всех оставался неблагопристойный близнец господина Голядкина. Заложа руки в боковые карманы своих зеленых форменных брюк, бежал он с довольным видом, подпрыгивая то с одной, то с другой стороны экипажа; иногда же, схватившись за рамку окна и повиснув на ней, просовывал в окно свою голову и, в знак прощания, посылал господину Голядкину поцелуйчики; но и он стал уставать, все реже и реже появлялся и наконец исчез совершенно. Глухо занывало сердце в груди господина Голядкина; кровь горячим ключом била ему в голову; ему было душно, ему хотелось расстегнуться, обнажить свою грудь, обсыпать ее снегом и облить холодной водой. Он впал наконец в забытье... Когда же очнулся, то увидел, что лошади несут его по какой-то ему незнакомой дороге. Направо и налево чернелись леса; было глухо и пусто. Вдруг он обмер: два огненные глаза смотрели на него в темноте, и зловещею, адскою радостию блестели эти два глаза. Это не Крестьян Иванович! Кто это? Или это он? Он! Это Крестьян Иванович, но только не прежний, это другой Крестьян Иванович! Это ужасный Крестьян Иванович!..

— Крестьян Иванович, я... я, кажется, ничего. Крестьян Иванович, — начал было робко и трепеща наш герой, желая хоть сколько-нибудь покорностию и смирением умилосердить ужасного Крестьяна Ивановича.

— Ви получаит казенный квартир, с дровами, с лихт и с прислугой, чего ви недостоин, — строго и ужасно, как приговор, прозвучал ответ Крестьяна Ивановича.

Герой наш вскрикнул и схватил себя за голову. Увы! он это давно уже предчувствовал!